Pájaro Vespertino
y otros cuentos

Por Luis Eduardo García

2011

Dirección de correo electrónico:
luis.garcia.2099@gmail.com

Portada: DG Angélica McHarrell

Primera edición, Agosto de 2011
© Luis Eduardo García Guerra
11ava Ave. 116 Col. Cumbres, 64610 Monterrey, N.L.

ISBN: 3-970-XXX-XXX EN TRÁMITE
IMPRESO Y HECHO EN MONTERREY, MÉXICO

Printed and made in Monterrey, México

Índice

Memorias de la Edad de los Imperios

Ese día amanecí siendo un monje.

De inmediato me puse a rezar, queriendo llegar a conseguir los dones del Señor. Algo, un mandato me sacó de mi ensimismamiento, una orden que me llegó a mi centro de voluntad. Todo me fue claro de repente, tal y como las visiones religiosas debían ser: tenía que abandonar los confines del monasterio para ir a buscar la Reliquia tan ansiada.

Saliendo del Monasterio vi a una chica que estaba construyendo una casa. Se me hizo raro, seguro la había visto alguna vez, pero no tenía más que un recuerdo vago de mi vida antes de salir del monasterio. Sólo sabía que amanecí en oración. Sé que mi religión, que es… ¿cuál? No tiene nombre seguramente porque ha de ser la única. Bueno, mi religión no debe permitir la reencarnación, ¿o sí?

Mientras pensaba en eso sorteé caminos, bosques, planicies, con una seguridad envidiable. Bordeé el mar azul que bañaba tranquilamente la costa. ¿Cómo sabría dónde estaba la Reliquia? Jamás había venido por aquí.

No vi siquiera animales salvajes, más que uno que otro venado. Y ahí estaba la Reliquia, por fin. Raro, no sabía qué contenía, sólo que debía ser llevada de inmediato. La veía, pero no me atrevía a cargarla. Algo extraño me impelió a quedarme. ¿No me la debía llevar de inmediato? Era territorio enemigo. O podría no serlo, pero en cualquier momento un guerrero o alguien más podría querer robármela. ¿No sabía que era importante para nosotros? ¿Para el reino? Lo sabía perfectamente. Esperé con miedo a que me llegara la visión de tomarla y regresar con ella. Tenía mucho miedo, estaba solo y podría ser atacado por guerreros enemigos en cualquier instante. De repente me llegó el mandato. ¡Gracias al cielo! La levanté, no pesaba nada. Y emprendí el camino de regreso.

Pasé por donde mismo y llegué al pueblo. No me debía de haber tardado tanto. Pero ahora había edificios nuevos o remozados. Vi a la chica aquella... ¿debía yo fijarme en mujeres? ¿No era un monje encerrado? Me miró cuando traía la Reliquia. ¿O quizá me admiró? De seguro le he de haber llamado la atención. Debía refrenarme. Ha de haber admirado a la Reliquia, o tal vez fue mi valor. No lo sé. Había muchas cosas que no sabía.

Llegué al monasterio y deposité la Reliquia en donde pensé que se debía.

Nuestro monasterio ya tenía una Reliquia.

Sentí deseos avasallantes de rezar. Mientras lo hacía de repente noté mucho movimiento a mi alrededor. ¡Nos estaban invadiendo unos guerreros enemigos! Y yo no sentía mis piernas, ¡estaba inmóvil de terror!

Quería ayudar, quería moverme, quería huir también, lo confieso... ¿Nadie vio que venían? ¡No podían haber llegado tan rápido! Se oían los gritos de dolor, los movimientos confusos, las llamadas de auxilio, los alaridos de guerra. Se escuchaban los caballos, y lo más terrible, espadazos secos, metálicos, unos contra otros. Yo no sabía que podía hacer, sólo sentía que quería curar a los enfermos, orar por ellos… y orar por los enemigos, quizá si rezara por ellos lo pensarían mejor, quizá se volverían a nosotros, los convertiría, haría que vieran que nuestro reino era el que más les convenía a ellos. Para su salvación y para la honra de nuestra Reliquia.

Ya, por fin, empecé a moverme, vi a los nuestros, maltrechos; vi las llamas en algunas de nuestras torres de observación, vi que el establo en donde se entrenaban los caballeros ya no estaba.

Me entristecí profundamente, no había más que cenizas. Instintivamente volteé a buscar a la muchacha campesina. No la encontré, sólo vi un grupo de ellos cortando leña con furia; ¿qué nunca descansaban? Sentí un estado de alerta. Una sensación de peligro que aguzaba mis sentidos. Estábamos en peligro constante.

¿Dónde estaban todos? Cuando salí por la Reliquia éramos unos cuantos, cuando llegué, y juro creer que no me había tardado mucho, fuimos más y después, cuando volví a salir a confortar y curar a los heridos, habíamos regresado muy pocos… Yo no entendía nada.

Me acabo de enterar por un miliciano, hubo invasión y ¡casi nos masacran! Sobrevivimos menos de diez. Ellos traían guerreros muy poderosos, poco fue lo que pudimos hacer, nos salvaron nuestras torres con arqueros, pero de cualquier modo no fue suficiente, nos hicieron mucho daño.

La muchacha ya hacía tiempo que no la veía. Le pregunté a un campesino y me dijo que no la conocía, pero que no me preocupara, había muchas para todos. Se rió de mí, y me turbaron sus comentarios. ¿Qué no sabía que no buscaba eso? ¿Que yo era un monje?

Se corrió la noticia: nos iban a embarcar, íbamos a ir no sé si a invadir o a colonizar. Tenía miedo y rogué a la Santa Reliquia que traje a nuestro santuario con mis humildes manos que tuviera piedad de nuestras almas.

Por fin llegamos a tierra nueva, una isla, me dijeron. De inmediato bajamos y yo me puse a orar. No sé cómo pero llegaron guerreros nuestros, heridos. Me condolí por ellos y oré. Fue pasmoso: ¡se curaron! ¿Fue un milagro? Debió de serlo… Tenía una fe inquebrantable en mi religión y en la verdad que es la de mi pueblo.

No fui yo, claro está, fue la Santa Reliquia la que lo hizo a través de mí.

Pasó algo de tiempo, hicimos un pueblo, otro establo, un castillo, imponente y bello.

Tuve sueños. No era posible, sentí que ya había estado aquí en este lugar, pero lo más extraño fue que sentí que no había estado como monje. Me sentí raro, como con cierta flaqueza, como que hacía cosas de las que no tenía control. Veía el mar y me preguntaba con desconsuelo cuándo volvería a casa, a mi monasterio que amaba tanto. Y de vez en vez indagué discretamente con los campesinos si habían visto a una muchacha así y así, sin querer darle mucha importancia.

—¿Cómo es?

Algo me lo decía sin pensar.

—Mirada serena, ojos rasgados como… gatunos…

Alguien ¡por fin!, me dijo que la vio… ¿de minera? ¿Excavando por piedra allá en nuestro país? Me sentí triste, melancólico, lleno de una nostalgia inexplicable para mi hábito.

¡Nos atacaron! Sentí que el combate era duro, nos invadieron, ¡no era posible! Íbamos tan bien, había optimismo de terminar con el enemigo pronto… Hubo mucho movimiento, vi pasar armas con flechas enormes. Oía explosiones a lo lejos. Todo se cimbraba. Acabar esta guerra interminable, ¡qué más hubiéramos querido!

Y algo sucedió de repente, ya no había caballeros, sólo quedaban lanceros a pie. No hubo más noticias después y de pronto, ¡de nuestro castillo salían llamas! ¡No creía que pudiéramos sobrevivir! ¡Nos atacaban desde el mar con barcos cañoneros! Las explosiones estaban cerca, no había a dónde huir. No podía correr. Me sentía impotente.

¡Recé por ella, recé por nuestro país! ¡Qué no nos hicieran tanto daño!

Mientras, debía ayudar a un lancero, estaba herido. Oí gritos detrás de mí, un dolor profundo en mi espalda y luego, todo oscuro.

Volví a despertar, confundido. No supe dónde me encontraba. Miré a mi alrededor y estuve seguro de que las cosas se iban a poner bien… Llegaron los camellos nuevos. Me subí arriba del más prometedor y salí a ver cómo estaban el cielo y la tierra. Me sentía tan vigoroso que bien podría destrozar a diez enemigos yo solo…

—Así me desperté, el caso es que ya estaba vestido, mi traje, corbata, todo, mi taza de café ya terminada, el periódico ya revisado, ya me disponía a ir a trabajar. Y con esa sensación de incertidumbre en el estómago… ¿Fue un sueño? ¿Una ilusión?

—No estoy seguro… veamos —Marcelo revisó sus notas—: primero monje, después guerrero… ¿Arriba de un camello, dijiste?

—Sí, así es. Un gran camello con adornos, con montura llena de adornos preciosos, armado, con defensas, se veía muy bonito, me daba la idea de que era poderoso.

—Mucho detalle… Dices que crees que es por jugar mucho a ese juego de estrategia, ¿verdad?

—Sí, debe ser eso, no lo sospecho, estoy seguro de ello… Ya te dije, la ansiedad, la incertidumbre. Esto de los recientes recortes de personal y de presupuesto alrededor de mi área en el trabajo me trae, pues sí, lo acepto, algo angustiado…

—¿Algo? ¿Qué es "algo"? ¿Como esperando una sentencia de muerte? ¿Un castigo que no se merece? ¿O un castigo que sí se merece? ¿Una resolución que no te sea muy favorable? Dime, Teodoro, ¿qué podría ser ese "algo"?

Teodoro miró al psicólogo.

—Algo así, como eso…

El doctor Marcelo lo miró profundamente, como tratando de adivinar qué más había detrás de esas narraciones, de esa imaginación.

Teodoro Llanes tenía 36 años, usaba lentes, bigote, y era de estructura corporal mediana, delgada. Pelo liso, negro, con una que otra cana, nada que lo pudiera destacar en un grupo de estudio, o en cualquier tipo de grupo, en realidad. Era un próspero profesional trabajando en el área de ventas de una empresa de servicios de redes del norte de la ciudad, empleado a fin de cuentas.

—¿Qué más hay que no me hayas dicho, Teo?

Teodoro lo observó con ojos de preocupación. El psicólogo de inmediato pensó que sí, que había algo más. Su paciente se veía turbado, confuso.

—Es sencillo, Teodoro: o dices las cosas aquí, o te las guardas y la próxima semana nos veremos de nuevo y te haré la misma pregunta, nada tan fácil como eso... Sólo que así, pues, ya sabes, lo hablamos, el costo en tiempo se eleva... quedó claro, ¿verdad?

—Creo que amo a la muchacha que se me aparece ahí.

Marcelo parpadeó por un segundo, traicionando de alguna manera su firmeza y profesionalismo. En ocasiones se lamentaba de no poder ocultar lo suficiente la sensación de sorpresa que seguía teniendo con algunos pacientes después de tantos años.

—¿La que aparece ahí? ¿En el juego? ¿La del juego?

Teodoro afirmó. Lo hizo con pena y quizá deseando no estar ahí en ese cuarto y lamentando haber tenido que llegar a eso, a una consulta con un perfecto desconocido. Pero de inmediato se consoló pensando que hubiera sido peor ir con un conocido.

El doctor Marcelo respiró con fuerza, pero de manera inaudible.

—Teodoro... primero, quisiera decirte que lo

que te sucede no es único, en ocasiones se ha sabido de casos de personas que se enamoran o, más bien, sienten atracción por seres del sexo opuesto que no tienen posibilidad de estar cerca de ellas, ya sabes: estrellas de cine, personalidades de la televisión, incluso casos extremos de personas que sienten atracción por las voces de los locutores o locutoras de la radio… y más aún todavía, casos de personas que sienten esa misma atracción por personajes humanos que no son sino dibujos animados o creaciones digitales hechas por computadora... Casos como ésos están documentados a través de las décadas…

—No lo sé, sólo sé que siento atracción hacia esa mujer…

—Me decías que en tu casa las cosas están bien, ¿verdad?

—Mmm, lo que se puede esperar de un matrimonio de ocho años con una pequeña de seis…

—En todos los planos, me parece, el afectivo y el sexual según lo que me afirmas… ¿verdad?

—Así es, lo razonable…

Lo de "razonable" a veces no lo era tanto, pensó Marcelo, pero no lo veía muy complicado, era sólo que Teodoro buscaba una salida a sus neurosis, rasgos que habían cambiado en su matrimonio y que él posiblemente no se había dado cuenta. Habría que detectarlos y buscar una solución, pero lo primero era conseguir que Teodoro aceptase esos cambios y luego que los enfrentase para diseñar una estrategia para cambiarlos, si era posible. Todo era posible, pensó Marcelo, si se quería, todo era posible, cuestión de ganas.

—Me parece, Teodoro, que lo que me cuentas es más que nada una proyección tuya, de lo que quieres, que tal vez estás pensando en alguna muchacha real pero que de alguna manera en la realidad no has podido tenerla, por decirlo así, o puede que no te hayas sabido comunicar con ella. Por eso enfocas tu atención dentro del juego a esa mujer y la conviertes en alguien especial, en este caso, déjame ver... —repasó sus notas— en una muchacha campesina que la hace de... reparadora, leñadora, constructora, agricultora, vaya, un dechado de virtudes... puede hacer de todo, ¿verdad?

—Sí, eso es cosa del juego... la acomodas a que haga la tarea que se necesita cuando se necesita...

—Ahí está la clave, Teodoro, no quiero decir nada definitivo, pero ¿no es eso lo que quisiéramos todos? ¿El control sobre la persona que amamos? ¿Seguro que en tu oficina no hay nadie que quieras tener así, por decir... bajo tu control?

Teodoro lo observó con atención, tal vez pensando que ahí estaba la clave, pero no podía afirmarlo. Verónica era guapa, pero, ¿tanto como para eso?

—Bueno, sí hay alguien... pero...

Marcelo sonrió con satisfacción.

—Bien, bien, ya estamos progresando... ¿Es una compañera tuya?

—No exactamente, es de una empresa a la que visito seguido, es la recepcionista. Y siempre me toca saludarla... Y sí, me parece agradable, pero... de ahí a que toda esta ansiedad haya sido por ella...

—Ahora dime, ¿desde cuándo juegas a ese

juego?

Teodoro pensó unos segundos antes de contestar.

—Es lo curioso, lo tengo desde hace dos años, pero apenas le puse atención hasta hace como dos meses... Algo pasó que de pronto se volvió lo más importante para mí...

—¿Cambió tu rutina en algo? ¿Bajó tu carga de trabajo? ¿Tuviste mucho tiempo libre?

—No necesariamente. El caso es que sí... empezamos a trabajar mucho con esas personas... y ahí estaba ella...

—Tú te consideras tímido, ¿no es cierto?

Otra pausa.

—La verdad, no... pero no tenía mucha necesidad de andar piropeando mujeres... no soy del tipo... como que para eso se necesita cierto carácter... y hasta hace poco no sentí que tuviera necesidad...

—¿Reconoces entonces que sí te hizo "ruido", como se dice ahora?

—Sí, un poco...

Teodoro se sentía muy incómodo, por más que sabía que no debía complacer a su terapeuta le era casi imposible no hacerlo, pero pensó que no era problema, que al final saldría la verdad. Y no era *complacer*, se corrigió, era trabajar *junto* con él.

—Las reglas del juego son claras, ganas aniquilando a todos tus enemigos, o construyendo una Maravilla del Mundo Antiguo y protegiéndola de ellos por más de doscientos años dentro del juego, o sea, como quince minutos de tiempo normal. Y la tercera manera de ganar el juego es conquistando las cinco Reliquias esparcidas por todo el terreno y llevándolas a un Monasterio para protegerlas.

—¿Se vuelve clave, de cierta manera, el tenerlas?

—Así es.

—¿Y tú te imaginaste que eras qué, esta vez?

No sabía la hora. Si era en la tarde o en la noche, lo único que sabía era que en la barraca había un caos, como siempre. Éramos cinco de infantería con lanzas largas, pensando en eso entonces seríamos lanceros. Lo que me parecía claro era que nos habían entrenado contra caballería, la que fuera, pero que nos debíamos cuidar porque éramos débiles contra arqueros o caballeros arqueros. No importaba, estábamos listos y marcharíamos contra quienes fueran y cuantos fueran.

Salimos al pueblo. Volteé alrededor para orientarme, vi los barcos más allá. ¿Nos embarcarían? ¿O sólo estaríamos de guardia? ¿O pelearíamos aquí mismo?

Recé a la Santa Reliquia para que no lucháramos aquí, no quería que nadie del pueblo muriera. O que murieran los menos.

Recibimos la orden de ir hacia la costa. Al puerto. Quizá sí nos embarcarían. Siempre era emocionante ir a otros lugares.

—¿Sabe alguien contra quién peleamos?

—¿Qué nos importa? —respondió un campeón; éstos eran muy fuertes y sabían manejar la espada muy bien con cada mano—. De cualquier modo vamos casi seguro a morir...

Sentí un escalofrío.

—No lo creo, ya les hemos infligido muchas derrotas, ya nos han atacado varias veces y los hemos acabado...

—No gracias a ustedes, sino gracias a los cañoneros de arriba de las torres, ellos lo han hecho casi todo...

—¡Cállense y sigan marchando, recuerden: los más débiles al centro!

Era la voz de... no supe... alguien de atrás con autoridad. Sólo obedecimos.

Después pasamos cerca de una mina abandonada.

—Era una mina de piedra, ya hemos acabado aquí con casi todo... Han embarcado a muchos campesinos a una isla a seguir explotando mineral... no sé para qué, creí que ya íbamos ganando...

Me estremecí cuando dijo la palabra "campesinos".

Me atreví a preguntar:

—¿Has visto a una campesina con vestido azul y blanco, de pelo negro, con mirada serena y sus ojos rasgados, como de gato, muy bellos...?

—Si la hubiera visto, ¡yo ya la hubiera poseído! —dijo una voz detrás en tono franco de burla.

Todos rieron excepto a quien le pregunté.

—¡A callar, perros cobardes!

Nadie respondió. Era la voz de un hombre cansado, ahora que lo veía de reojo, lo alcancé a ver muy herido mientras avanzábamos. Era otro campeón.

—Deberías de ver a un monje —dije—, alguno de ellos te curará.

—¿Cómo sabes?

No supe qué responder. No sabía cómo tenía dentro de mí esa información, pero estaba seguro de ella.

—Sólo hazlo —me atreví a decir.

El campeón guardó silencio. Sentí que estaba haciendo un gran esfuerzo, pero no dejaba de trotar como los otros.

—La mujer que dices... Puede que la haya visto...

Mi corazón se aceleró.

—¿Verónica?

—¿Quién? No seas tonto, no sé su nombre, ¿cómo saberlo? No hay tiempo para nada aquí, sólo correr, hacer frente, pelear, retroceder, avanzar... morir...

—Hablas como veterano...

El campeón se rió.

—Será porque lo soy...

—Ella, la mujer... ¿la viste? ¿De verdad la viste?

—Creo que sí... vi una que responde a tu descripción... Pero no era campesina, era minera...

Minera, sí.

—¿Sería ella? ¿Dónde la viste? ¿Cuándo?

—La vi embarcándose. No hace mucho...

—¿Para dónde?

—Hacia la isla del Norte...

Me apuntó hacia donde estaba esa isla.

De alguna parte de mí nació con fuerza el deseo de saber más de ella. Si estaba bien, que no le pasara nada. Recé de nuevo pensando en la Santa Reliquia. Ella la cuidaría.

De repente nos detuvimos. ¡Íbamos a ser embarcados! ¡Por fin!

El barco estaba lleno, había caballeros, lanceros, campeones, un monje, cinco campesinos, dos *trebouchets* o catapultas. Éramos como veinte, entre todos, apretujados entre sus tablas, sintiendo los vaivenes del mar.

Todos guardábamos silencio. Sabíamos que podíamos morir. Un barco nos podría atacar. Sería la muerte. Ahogados, o quemados o muertos por la explosión. Había barcos lanzafuego, me dijeron, rápidos y peligrosos como dragones marinos. Y galeones, grandes galeones con poderosos cañones que de un tiro desafortunado hecho desde lejos nos podrían mandar al fondo del mar a ser devorados por los peces.

—¡Viento en popa! —gritó una voz con alegría.

—Viento en popa a morirse… —dijo alguien a mi lado, riéndose de manera siniestra.

Nadie añadió nada más a eso. Me sentí mal del estómago.

El viaje fue rápido. Pero mi alegría se convirtió en desconsuelo cuando comprobé que la isla a la que nos dirigimos estaba no al norte, sino al noreste. Me sentí muy mal, estaba mareado además.

—El reino de los Francos…

Mi amigo el campeón me lo dijo. Su voz era sombría, sin la menor esperanza.

El barco empezó a arder sin aviso.

—¡Flechas, nos ataca una torre! ¡El estúpido timonel nos llevó demasiado cerca de la costa enemiga! ¡Maldito seas, bastardo!

Nadie podíamos responder, sólo rogar que saliéramos de su alcance y que no hubiera otra torre más cerca del lugar a donde nos dirigíamos.

Pensé que nos íbamos a hundir. Pero el fuego fue controlado, aunque dejó al barco escorando visiblemente. Un poco más de flechas incendiarias y nos hubiéramos hundido todos. Ahogados o quemados. No había muchas opciones. Sin embargo llegamos a la costa. Sanos.

Bajamos de inmediato.

Los campesinos, siguiendo instrucciones, empezaron a construir torres y una barraca, o un establo, no sé.

La batalla comenzó en segundos sin previo aviso. Nunca supe si tuvimos éxito. Vimos humo de polvo. Sentimos temblores y vibraciones en la tierra. Los vi como a cien metros. Los elefantes enemigos llegaron. Sí, elefantes inmensos. Sus berridos nos congelaban la sangre. Nos organizamos como pudimos para atacarlos con lanzas en los costados y sólo así mis compañeros y yo logramos matar a uno. Pero no fue suficiente, ellos traían como siete bestias más de apoyo.

—¡Atrás, atrás! ¡Júntense! ¡No dejen espacios!

—¡Uno a la vez, uno a la vez! ¡Ahí viene! ¡Aguanten! ¡AGUANTEN! ¡CIERREN FILAS! ¡CIERREN...! ¡ATAQUEN! ¡ATAQ...!

Los gritos se quedan en uno. La sangre guarda los alaridos. La sangre que nos desborda. Colmillos. Ojos blancos que desgarran. Todas las bestias feroces. Nos fueron destrozando uno a uno.

Antes de morir, alcancé a mirar a mi amigo, el

campeón, haciéndole frente él sólo a uno de ellos. Ya estaba muy herido. Alcanzó a distraer al elefante de matar a uno de los campesinos. Para mí fue un gesto inútil. Tuve la certeza de que todos moriríamos. Pero él siguió peleando hasta el final hiriendo tremendamente y sin cansarse a su gigantesco adversario. Con lo último que tenía de fuerzas me miró y se despidió de mí con un cerrar significativo de ojos.

Vi muchos cuerpos, nuestros y enemigos, caballos, elefantes. Y sangre, mucha sangre. Yo no supe más. Lo único que recordé fue la mirada impasible, ya indiferente casi, de un elefante enfrente, cargando hacia mí. Y sus colmillos grandiosos.

Letales.

Rápidos.

—Teodoro... Teodoro... ¿Estás bien? ¿Cómo te sientes? Te veo demasiado… agitado.

Teodoro se irguió. Se sintió sudado y cansado.

—Nada. Nada… Todo está bien… todo está bien…

Marcelo continuó:

—Tú mismo lo dijiste, es sólo un juego, pero parece que te invade, que se adueña de todo tu ser. Tus descripciones son muy vívidas, ¿lo sabías? Muy *intensas*.

Teodoro lo miró con rostro fatigado y apenado.

—No, no lo sabía. Esto no lo platico a nadie… es… es algo así, como… penoso…

—Casi podría decir que me estás platicando algo que te sucedió en las vacaciones. Así de cerca se escucha. Así de real…

—Te juro que hasta recuerdo el olor.

—¿El olor de qué?

—El olor de la sangre.

Teodoro estaba en la oficina del cliente. Muy amplia, cumpliendo el adagio de que mientras más grande el escritorio, más poder, y viceversa. Algo había pasado. Ese día no había visto a Verónica en la recepción. Y no había manera de poder preguntarle a nadie de confianza por ella.

La noche había estado muy accidentada, la había pasado trabajando en la propuesta que llevaba esa mañana. Muchas llamadas a México, la impresora que no funcionaba bien como siempre, consultas aquí y allá, compromisos penosamente irrealizables de piezas y lotes a entregar, promesas por cumplir y no cumplir, llenar formas, juntas y más juntas. Pero por fin había salido algo bueno.

Ahora se encontraba frente a frente con el señor Moreno. Éste era un buen amigo, pero muy duro para negociar. Con él no se jugaba, con él no se podía permitir ninguna libertad. Pensándolo bien no era amigo, era sólo *cliente*. Un buen cliente, nada más. Y en ocasiones era un adversario. De él dependía su bienestar. Entre su familia y su bienestar se encontraba el señor Moreno como obstáculo. Y había muchos otros señores Moreno.

—¿Cómo vio la propuesta, señor Moreno?

—Muy bien, Teodoro, muy bien… parece que ahora sí será la buena.

—Eso espero, les hicimos un buen descuento… ya sabe, órdenes directas de México…

El rostro del señor Moreno resplandecía de gusto. Por fin parecía ver ya una salida a lo de su proyecto de ampliación de la red.

—¡Eso es todo, Teodoro! —exclamó alegre—. ¿Y dices que trae ya implementado lo de las nuevas tecnologías?

—Así es, como habíamos quedado… y sin costo extra…

—¡Excelente! ¡Esto va viento en popa!

Viento en popa. Viento. En popa. Sintió frío, un mareo fugaz. "Así estábamos en la barca rumbo a la isla del Noreste a punto de invadir a los Francos."

Vamos a la muerte. Hay que cerrar filas. Hay que aguantar. Los colmillos nos esperan. La sangre. La confusión. Los elefantes. La sangre. La sangre. La mirada del campeón. Su sangre. Mi sangre por mi cuerpo.

Teodoro se sintió con el estómago contraído por un segundo.

—Teodoro, ¿te pasa algo? ¿Dije algo malo?

Teodoro tuvo que respirar profundo y darle un trago largo a su café sin importarle lo caliente que estaba.

—No, nada, sólo agruras que hacía tiempo que no me daban… sí, agruras.

—Ah, bueno, menos mal, pensé que habías visto a la muerte, ¡qué caray!

Teodoro trató de no mirar demasiado al señor, no quería perturbarlo más de la cuenta.

Se apresuró a salir de ahí. El señor Moreno lo

miró salir, algo preocupado.

—Demasiada presión la de estos muchachos… Tal vez necesita mucho esta venta, pobre...

Al salir Teodoro se detuvo en la recepción a entregar el pase de visitante. Se sintió un poco mejor hasta como para armarse de valor con la señorita. Sentía el sudor. Se sentía como sangre por su...

Preguntó como no queriendo la cosa, con algo de dificultad:

—¿Y la señorita Verónica? ¿Se nos enfermó, o qué?

La recepcionista lo miró con esa fría amabilidad con la que se ve a un desconocido que pudiese ser importante. Sonriendo, dijo:

—Renunció la semana pasada, como se nos va a casar… ¿Sí sabía, verdad?

Teodoro sintió otro dolor agudo en la boca del estómago.

—Señor, ¿le pasa algo?

Colmillos.

—No, nada, algo que comí…

Teodoro trató de aparentar normalidad. Fingió que iba a hacer una llamada de ahí mismo de la salita de recepción, donde se sentó y tomó el teléfono. Hizo como que marcaba algún número hacerlo sin realmente.

Se sintió tonto. Y desconocido. Esa mujer no era gran cosa para él. Jamás se hubiera admitido a sí mismo lo contrario.

Ya se estaba recuperando un poco. Fingió que el teléfono estaba ocupado y colgó.

De frente a él estaba la nueva recepcionista con un vaso de agua y un periódico en la mano.

Le aceptó el vaso y lo agradeció.

—¿Ya vio el periódico?

—¿Cómo?

—Sí, ahí salió Verónica, en la sección de sociales... mírela...

Tomó el periódico aparentando calma, pero sintiendo su pulso acelerarse. La vio...

... con vestido azul y blanco, de pelo negro, con mirada serena y sus ojos rasgados, como de gato, muy bellos...

La voz de la recepcionista substituta lo despertó:

—Muy bonita que salió, ¿verdad? Así es Verónica, muy sencilla...

Teodoro miraba la foto del periódico, sintiendo en su estómago más dolor que nunca.

Colmillos desgarrando.

Salió de prisa no sin antes agradecer a la nueva recepcionista por sus atenciones.

—Qué señor tan raro, estará enfermo... —Teodoro no alcanzó a escuchar el comentario de la recepcionista substituta.

Estando afuera del corporativo miró la avenida hacia los dos lados sin saber qué esperar. Percibió que había una nube de polvo a cien metros. Se congeló de momento. Miró cómo se acercaban a él las bestias a toda velocidad. Miró los brillos. Podrían ser espadas. Cerró los ojos. Su corazón batía a toda velocidad contra su pecho. Por fin reaccionó y se movió de vuelta hacia la banqueta justo a tiempo.

Sólo camiones de servicio urbano de pasajeros a toda velocidad que pasaron frente a él cubriendo su rostro de viento, humo y polvo, buscando su próxima luz verde con impaciencia.

A toda furia.

Colmillos con sangre.

Se nos dijo que teníamos que resistir. Ahora era yo uno de los campeones. Con dos espadas, me sentía fuerte. Recién entrenado en la barraca de infantería. Lleno de vigor. Ágil. Miré en dónde estábamos. Era la isla del Noreste. Habíamos construido un castillo de piedra y nos sentíamos seguros ahí. Esto no duraría. Pronto estaríamos en casa. Tenía que ser.

Habíamos armado varios *trebouchets*, las llamadas catapultas, y desde ahí los golpeábamos duramente. No estaban resistiendo, posiblemente porque ya estaban al límite de sus fuerzas. Nunca pensaron que los íbamos a sorprender por el sur de su Isla, ahí no construyeron protección extra, sólo una muralla que no resistiría nuestras descargas. Podríamos abrir una brecha en poco tiempo.

Alguien vino a caballo.

Era un caballero de los nuestros, de exploración. Ellos no eran para pelear, sólo para correr rápido y quizá llegar como refuerzo temporal mientras llegase la caballería pesada de apoyo al ataque.

—¡Tienen que traer un monje, rápido! ¡Un monje!

—¿Para curar? ¿Muchos heridos? ¿O para convertir? —pregunté, curioso.

—¡No, necio, no preguntes, sólo dime dónde

hay monjes, con un demonio!

Le señalé allá atrás.

—¡Acaban de hacer un templo! —alcancé a gritarle.

Fue corriendo hacia esa dirección sin decirme nada.

Ya volvió de regreso y sólo alcancé a escuchar:

—¡Cuidado con los elefantes, son muchos!

Esta vez no les tenía miedo.

Pero de pronto recordé algo al respecto. Debía tener cuidado. Sus colmillos. Que eran duros, que eran fuertes, grandes, implacables. No confiarme. Pero finalmente no me importó, teníamos el castillo y las catapultas.

Al poco tiempo vi un monje pasar. Ni me miró.

Las catapultas seguían su bombardeo. Cargaban la piedra, se encendía y se lanzaba, destruyendo todo en su impacto. Vi caer a muchos enemigos bajo las piedras. En ocasiones era espantoso escuchar sus gritos de muerte, por más enemigos que fueran. Piedras, tierra, maleza, y algunas veces, miembros, torsos, sangre.

Algunas catapultas eran muy precisas, y sus proyectiles caían sobre el mismo punto barriendo con el que llegara. Había visto cómo los edificios caían entre llamas en pocos minutos después de que impactaran sobre ellos siete, ocho proyectiles al mismo tiempo. No quise pensar en la gente que estuviera dentro.

Más tarde me dirigieron a la vanguardia a explorar por torres enemigas. Fui con todo el miedo del mundo, pero no me podía negar, cumplíamos con una obediencia absoluta. Afortunadamente no encontramos nada de fuerzas contrarias. Era sólo un gran páramo verde sin edificios, sólo bosques a los lados, y piedras. A mi flanco izquierdo escuché unos caballos cabalgando a todo galope. ¿Serían amigos o enemigos? Me asusté y mis compañeros y yo nos preparamos para lo inevitable. Mi corazón se aceleró. Sólo sentía el olor a muerte. Los deseos de combatir eran increíbles. Era insoportable. Descargar la maldita tensión. Tenía miedo, pero jamás huiría. Era necesario resistir y matar los más que pudiéramos. Para eso estábamos ahí.

Los caballos venían con fuerza. Relinchaban. Iban a pasar muy cerca de mí. Me encomendé a la Santa Reliquia y me preparé a dar el primer estoque con todas las fuerzas de mis brazos. A eso, o a recibir su golpe y resistirlo.

—¡Oro! ¡Oro! ¡Encontramos oro!

Se veían felices. Desconcertado vi nuestros colores.

Mis brazos se contuvieron de dar el golpe. Pasaron a toda velocidad casi sin verme. Uno de ellos hasta me sonrió.

Ahora sí sabía que ganaríamos. Con oro podíamos hacer todo. Comprar alimentos. Tener más soldados. Construir más catapultas. El que tuviera más recursos ganaría la guerra.

Según la cara de los caballeros, había de ser mucho.

Adelantamos terreno y nos afianzamos. Construimos torres rápidamente y desde ahí armamos las catapultas, que eran el elemento básico para arrasar al enemigo. Las torres protegerían a las catapultas, que con todo lo dañinas que podían ser, eran débiles cuando eran atacadas de cerca. Y las atacaban.

Casualmente me eligieron a mí para cuidar los recientes hallazgos del preciado metal. Nunca había visto tanto mineral dorado junto.

Me acerqué a tomar algo, pero no pude.

Un arquero me gritó desde atrás:

—Tú no puedes hacer eso, sólo los mineros pueden.

—Sólo una piedra...

—Nada podrás hacer. Es inútil, yo ya lo intenté...

—¿Y qué haremos?

—Esperemos a los mineros...

El rato pasó sin ver a nadie. En eso llegó un hombre, un campesino constructor, creo, que sin decir nada empezó a levantar algo.

—¿Te ayudamos? —le dije, queriendo ser útil.

—No, sólo yo puedo, ustedes hagan lo que saben hacer y no se metan...

Mi compañero y yo nos miramos y nos encogimos de hombros.

El tipo acabó de construir la mina y se quedó inmóvil, como a la expectativa.

—¿Qué espera?

—A los demás —me dijo mi amigo el arquero. Ya era mi amigo, creo.

Al poco tiempo los vi venir, eran dos hombres... y una mujer.

Inconfundible en su gesto de arrogancia. Sus ojos.

Verónica. ¡Increíble! ¡Por fin! Mi corazón se aceleró con fuerza.

Le intenté hablar.

—Verónica… Verónica…

Ella tomó su pico y empezó a trabajar sin tomar en cuenta mi llamado. La intenté detener pero no me hizo el menor caso.

—Verónica, ¿no me reconoces?

Su rostro gatuno, su piel aceitunada, su cabello, su vestido, tal como la había visto una y otra vez.

Pero no me respondía.

—¿Qué pasa? —volteé a buscar a mi amigo, el arquero. Ya no estaba. ¿Habría huido?

Ella seguía trabajando como autómata y después de golpear el mineral recogía las piedras en un canasto y lo llevaba a la mina procesadora, que estaba cerca, todo de una manera muy eficiente, sin parar.

Por fin se detuvo después de hacer varias veces lo mismo.

—No puedo hablarte, no debo hablarte, vete…

—¿Me reconoces?

—Sí, no… vete…

Sentí como un puñal en el corazón, ¿cómo podía ella rechazarme? Al verla todo me cambió, sentí como si por fin el Sol se me apareciera después de que la noche se había adueñado de mi cerebro, de mi mente, de mi vida. ¿Y todo para qué? ¿Para que me despreciara?

Me quité el casco.

—Soy Teodoro… Verónica…

Me miró con su rostro bello y sus ojos gatunos. Tenía un velo de confusión en la mirada. El sudor le recorría la frente sucia del polvo, me llenó de ternura la visión de una mujer que debería ser cuidada y mimada, rodeada de seda, ahí, partiéndose la espalda en un país enemigo, sacando tosco mineral bajo los rayos ardientes.

—Sí...

—¡Mucho tiempo, Verónica!

La tomé de la mano. Noté las rugosidades de su palma, sus callos, su maltrato. Ella con un movimiento ágil se soltó, y uno de los otros mineros paró de trabajar y me amenazó con su herramienta, un zapapico, al parecer muy puntiagudo y filoso.

—¡No te le acerques!

Envalentonado, con mi mano en la espada y sin hacerle mucho caso, continué diciéndole a Verónica.

—¿Estás bien?

—Sí, lo estoy...

Empecé a sentir el apremio de irme de ahí con ella. Estábamos muy cerca del frente de batalla y que yo supiera no era un lugar seguro.

—Tenemos que irnos de aquí, estás en riesgo...

Se escuchó la voz calma del minero:

—Tú estás para defendernos...

—¡Yo solo no podré defenderlos! —contesté exasperado— ¡Tenemos que irnos de aquí!

Ella respondió impasible:

—Nos ordenaron hacer esto y lo hacemos... no hay más...

Intenté tomar a Verónica por la fuerza, pero me fue imposible, ella se resistió. Sus rudas labores la habían convertido en una bestia de campo, fuerte y dura. La única manera de separarla de ahí sería golpeándola. Y eso jamás lo podría hacer. Tenía una consigna y me era imposible hacerla cambiar de opinión.

Medité sobre lo que podía hacer. Podría esperar a que se terminara todo, calculando que ya estábamos cerca de la victoria de cualquier manera, y aguantar. Otra posibilidad era, sencillamente, abandonarla a su suerte. Pero muy dentro de mí sabía que jamás lo podría hacer.

Luego ya no tuve tiempo de pensar más en eso.

Vi a un monje que venía desde el frente a toda prisa. ¡Y traía una Reliquia junto con él! ¡La habíamos capturado!

Mi corazón se llenó de regocijo. Y estuve a punto de emitir una plegaria cuando, en eso, contemplé con horror que los que debieron ser nuestros hombres guardándolo más bien eran del enemigo.

De manera terriblemente sencilla lo rodearon y lo empezaron a acuchillar, él resistió como pudo y murió en pocos segundos no sin antes dirigirme una mirada piadosa, tal vez para lograr mi ayuda.

La Reliquia había quedado a su lado, sola.

Los nuestros llegaron en cantidad a toda prisa a socorrer al monje, inútilmente. Yo debía tomar la decisión de dejar a Verónica y al campamento minero sin guardias para ir en pos de defenderla también. De quedarme solo tal vez sería testigo de mirar cómo la recapturaban. Lo decidí de inmediato, de manera improbable, aún en contra de mi expresa voluntad.

Se hizo el combate. Algo iba mal, muy mal,

miré hacia el mero frente de batalla y con una incredulidad que me paralizó, comprobé que no quedaba completa ya ninguna de nuestras catapultas. ¡Todas ardían sin que nadie las socorriese!

Sí, nos falló la estrategia.

También observé casi con pavor que una horda de soldados enemigos caía hacia nosotros a toda velocidad. Venían a recapturar su Reliquia pasase lo que pasase.

Resistimos el primer embate. Caballeros, arqueros, lanceros, aguantamos con numerosas bajas el ataque, diezmándolos, eso sí, pero no resistiríamos un segundo ya que ellos a su vez, pensé con amargura, también nos habían diezmado. Ellos ya habían quemado algunas de las torres que habíamos creado en defensa de las catapultas, ahora hechas cenizas, y estaban prestos, como dije, a recuperar su Reliquia.

Y lo peor, vi como una decena de sus monjes venían bajando por la colina junto con sus soldados de élite y sus propios caballeros. Junto con ellos el infierno mismo, varios elefantes llenos de furia hacia nuestras tropas.

Los monjes tenían poderes de conversión y había escuchado cuentos de horror sobre cómo convertían a nuestros compañeros y cómo ellos, casi al instante, se volvían contra nosotros, sus verdaderos camaradas de armas. Lo peor que te podía pasar era tener que matar a tu amigo con quien acababas de convivir y al que acababas de salvar o, lo más triste, después de haberte salvado él de una muerte segura. Ahora te tocaría destruirlo o de lo contrario ser destruido por él.

Así pude ver con amargura e incredulidad a varios de los nuestros con los colores de los Francos. Sin remedio, matamos a muchos. Era como matar a nuestros hermanos, tal era el dolor.

Pasaron varios minutos, no se veía nada por la confusión, me pasé el tiempo ayudando a destruir bolsas de resistencia enemigas y en eso recordé: tanto humo, tanta sangre, tantos gritos, hachazos, lanzas, dardos, arcabuzazos, el tronar de las catapultas, todo había causado que olvidara al campamento de mineros. Verónica y sus dos compañeros se habían quedado solos. Yo los había dejado solos.

Sentí un puñetazo en mi corazón. ¡No tuve opción! ¡No tuve opción! ¡Lo juro!

Me dirigí hacia allá con toda la velocidad de mis piernas. Con el corazón desbocado, corrí y corrí.

—¡Soldado! ¡No vayas para allá! ¡Es territorio enemigo otra vez! —me gritaron, pero no quise escuchar. No me importaba nada más.

Llegué. Y miré la muerte. Una vez más.

Todo hecho cenizas. De la mina no había quedado nada. Sólo vi los cadáveres de los dos mineros, el que me había amenazado y el otro, ambos llenos de sangre, masacrados en lo más hondo. Sentí una pena inmensa por ellos. No eran combatientes. Nunca tuvieron oportunidad.

¿Y Verónica? Contuve la respiración temiendo a cada paso ver su cuerpo también destrozado. Con mi alma deshecha busqué su cadáver. A cada momento pensé que era ella, pero no, era algún soldado caído, nuestro o enemigo, en ocasiones juntos, al menos así ya se irían en paz juntos al paraíso, si eso existía.

Imprudentemente, ofuscado por el dolor, iba solo. Traté de ocultarme en el bosque. Sabía que el grueso del enemigo estaba peleando en esos momentos para recuperar su Reliquia. Tal vez era su batalla final. Ya estaban en las últimas, eso era obvio, cuestión de horas para su última defensa desesperada. Pero a mí ya no me importaba. Me sentía desconcertado. Nada podía ser cierto. Tal era mi confusión. Quizás alguien de mi tropa pensase que me volví loco. Loco, pero no cobarde. Sólo de eso estaba seguro.

Sin Verónica ya no tenía sentido ganar o perder. Sólo sentí no haberla convencido de huir cuando pudimos hacerlo. Debí ser más firme. Más fuerte. Sentí el dolor de lo imposible.

Caminé sin rumbo fijo por unos centenares de metros más oculto en el bosque, pensando en cómo volver a mis líneas, si eso valiera la pena. En eso vi a unos leñadores. Eran enemigos.

No podía ser que ellos vivieran y Verónica no.

Me dije convencido que ellos tendrían que morir, cada leña levantada lograba que los Francos nos causaran más daño y nos mataran a más camaradas. Cada leña de ellos era más sangre nuestra derramada.

Vi al primero y no me causó problema. Cayó dentro de su propia hemorragia. Pensé por un segundo en cómo la navaja cortó su cuello hasta que topó en hueso. Me sorprendió no sentir asco. No sentí nada. Sólo demasiada sangre salpicada. Al segundo tal vez mi cara sin expresión lo aterró, huyó de mi espada totalmente roja. Era probable que fuera a traer a alguien contra mí. No me importaba, ya estaba cansado. Yo sólo quería morir peleando. Que todo acabara de una vez.

La vi de espaldas. Traía la ropa roja, distintiva de los Francos. Era peligrosa, todas sus mujeres lo eran, ésta traía un hacha afilada en la mano y de seguro era diestra en su empleo. Mataban a los nuestros también a la menor provocación. No eran tan débiles.

No quise verle el rostro. Es duro matar a un hombre, más cuando lo ves de frente. Pelear con una mujer es peor. Sí, la iba a matar por la espalda. Nada de nobleza en eso. Pero eran ellos o nosotros. Alcé mi espada. Cuando la quise dejar caer algo me lo impidió.

La flecha de algún arquero enemigo que salió de entre los árboles desde donde acechaba acertó en mi espalda. Miré detrás. Estaba cerca, pero no mucho. Traté de alzar mi arma como pude, pero otras dos o tres flechas más me impidieron hacerle daño a la mujer.

Así es. Vi su perfil. Era Verónica que había alcanzado a ser convertida por los monjes enemigos. Mi corazón se llenó de horror. Volteó a verme. No encontré nada en su mirada, en sus ojos gatunos. Ni compasión, ni misericordia, ni reconocimiento, ni piedad.

Todavía me quedaban fuerzas. Me lancé contra el arquero que se acercaba a terminar lo que empezó, pero lo alcancé a herir.

Milagrosamente llegaron los míos. Mataron al arquero enemigo y un caballero llegó hasta donde estábamos Verónica y yo. Sencillamente la mató, sin más, atravesándola. Ella ni se defendió. Oí su quejido. Como el dulce tronar de una rama. Su voz educada, con gracia. Yo no pude decir nada. Arrastrándome la miré. Sus ojos bellos estaban abiertos. Se los cerré.

Salí caminando con mis compañeros. Estábamos lejos de nuestras líneas. Iba a ser un camino largo. Yo traía tres flechas en mi espalda. El dolor era intenso y algo me impedía respirar del todo.

El dulce tronar de una rama.

La ruta elegida no pudo ser peor. Estaba lleno de torres enemigas por todos lados, ardiendo algunas, incólumes otras.

Mis compañeros no duraron mucho, fueron alcanzados también por flechazos precisos. Murieron en la gloria del guerrero que cumple su deber.

Lo último que vi fue un templo enemigo. Alcancé a ver que tenía su Reliquia. La guerra iba a durar más de lo previsto. Yo ya no alcanzaría a gozar la victoria.

Me detectaron. Lo supe por el sonido de una flecha cerca de mi oído.

Más flechas enemigas cayeron sobre mí. Miré en el piso a mi alrededor. Había unas ramas. Intenté alcanzar una sin saber porqué. Pero ya no pude. Cerré mis ojos. Todo me abandonó.

—Muy duro y realista, me parece, una vez más.

Teodoro no había dicho nada en minutos. Marcelo sintió pena por él, aún en contra de su voluntad. Él no debería sentir nada por sus pacientes, no sería objetivo, no sería imparcial ni justo y con Teodoro necesitaba serlo.

—Dime, Teodoro, viste a la chica ésta —miró sus notas para subrayar la frialdad de la situación—, Verónica… más bien, viste su foto en el periódico y te causó una gran impresión, ¿por qué?

Teodoro no decía nada.

—Teodoro, ¿estás de acuerdo que tú no razonablemente no podías esperar nada de ella?

Marcelo empezó a sentirse incómodo con su paciente. No entendía cómo Teodoro no veía el caso claro.

—Teodoro, ¿no ves que tú relacionaste a la mujer de la que hablamos con un personaje en particular de este juego? Aquí veo varias cosas… Por ejemplo, la Reliquia. Al parecer me dices que es algo preciado. Que debe ser defendido o protegido a como dé lugar. Eso, Teodoro, es la mujer para ti, esta mujer en particular… es algo ideal, algo santificado, algo a lo que le rezas incluso… No sabemos nada de la Reliquia, ni qué contiene, sólo que es algo maravilloso, algo importante, Teodoro, algo que deseamos tener por sobre todas las cosas… No quiero decir que sea así de simple, pero para muchos esa Reliquia puede ser un Rolex, un automóvil de lujo, un status, una posición social… Para ti… es una mujer, y no quiero que pienses que esto es sencillo de entender, no lo es… pero es cuestión de que aceptes que hay cosas en la vida que no has alcanzado ni alcanzarás, no por falta de méritos en ti, o por falta de capacidades especiales… Recuerda: no todos pueden ser presidentes de la república, caramba... pero en ocasiones nosotros, en nuestra mente, no podemos separar lo que podemos obtener de lo que no podemos, por razones obvias...

Teodoro miraba al techo de la pequeña oficina que hacía de consultorio para Marcelo.

—Y la mujer ya será inalcanzable para mí, ¿verdad? ¿Eso es lo que quieres decir?

—Yo no puedo decirlo, Teodoro, eso es parte de lo que llamamos destino, del tuyo y del de ella, como sea esa cuestión de la vida... pero a como entiendo las cosas, se puede decir que por el momento así es, y así será...

Teodoro guardó silencio. Al rato dijo:

—Yo hablé poco con ella, sí... pero pensé que éramos amigos, algo al menos, como para que ella me hubiera contado cualquier cosa de sus planes, de que tenía novio... de que se iba a casar... Algo... cualquier cosa...

Marcelo ya casi no lo escuchaba. Tenía su compromiso y apenas alcanzaba a llegar.

—Sí, Teodoro, y es bueno que lo verbalices. Es bueno que lo saques aquí, que ya no te cause esa presión insoportable... Lo onírico tendemos a confundirlo con la realidad y a ello debemos muchas de nuestras pequeñas neurosis, manías o preferencias que casi nadie más entiende...

De nuevo Teodoro guardó silencio.

Marcelo sólo quería concluir el asunto.

—Sé que es triste para ti la manera en la que acabó todo.

—¿Ya habrá acabado en realidad?

—Yo pienso que sí. Ella ya murió dentro de

tu… —quiso decir "fantasía", pero por prudencia, se contuvo— historia, y en la vida real, pues no hay más opciones que el mismo olvido… No queda nada bueno de una obsesión como ésta… Tienes familia, la amas, poco a poco saldrás de todo esto…

Teodoro asintió.

—Tienes razón… es triste, pero… fue la única manera de salir de este suplicio… En ocasiones ya no sabía el límite de lo que era real, de lo que era fantástico… ¿Volveré? ¿Aquí, digo?

Sonrió mientras lo decía.

—Sí, la próxima semana, a ver cómo te fue durante estos días… Creo que ya estarás bien, pero ya platicaremos…

Teodoro se levantó.

—Marcelo, te agradezco… Y sólo quiero que sepas que la muerte de Verónica en mi historia, me dolió mucho… más que mis muertes, por así decir… —sonrió con dificultad—. Lo que hace un juego, ¿verdad?

Marcelo se apresuró a responderle:

—Y tu mente, Teodoro, tu misma mente que estaba presionada por tu trabajo y por este ideal que te menciono… La vida es así, es sólo cuestión de entenderse un poco. Y el juego, pues… sí, es uno muy completo que se acomodó a tus necesidades.

"O que tú solito acomodaste, cuate, en un juego ya tan pasado de moda como ése, según vi", pensó sin decirlo. ¿Para qué castigarlo más si la idea de la mujer que lo dizque rechazó ya era causa de mucho dolor?

—Gracias… Marcelo… ¿A la misma hora, la próxima semana?

—Así es… Hasta luego…

Marcelo por fin respiró tranquilo cuando Teodoro salió.

Mientras recogía sus papeles, reflexionó: "No puedes con la mente humana, es poderosa; te puedes engañar tú, pero a ella no podrás engañarla siempre. La manera de confrontar esto es en la misma realidad, porque no saldrá ni podrá romper con todo lo que le causa problemas si no se confronta con ella, su propia mente arrinconada."

Mientras veía si no se le había olvidado nada, pensó: "Hay dolor verdadero en la conciencia de Teo, hay conflicto real. Es más que un sueño doloroso, eso que tiene es un sufrimiento moral real, y no hay más, es otra historia de amor ideal no correspondido aunque él esté bien casado y todo… Utilizando de escape un juego tonto. En la vida real él está triste y amargado, muy sencillo, sí, la vieja, muy vieja historia: la chica que él creyó amar lo abandonó, por decirlo de una manera, para casarse con otro. Trivial amor no correspondido. Caso cerrado…"

Marcelo apagó las luces y se dirigió a la puerta. Ya no pensaría en Teodoro. Sólo era un caso más. Abrió y sintió frío. Se regresó al closet, al lado de la puerta del consultorio. Sin prender la luz encontró su abrigo, no había necesidad de prenderla.

¡Se sentía pleno!

Salió de ahí y por fin se puso en marcha con sus amigos a hablar de su última conquista.

Su casa cerrada quedó en silencio. La sala. El estudio. La recámara. Y ahí, en la casi oscuridad de su closet, la Reliquia relumbraba, bien protegida, en todo su esplendor.

Pájaro Vespertino

Estaba la tarde en las tres, anclada en su mirada, impedida de avanzar.

Fernando veía una vez más las cuatro paredes de su prisión, esa casa en la que había estado por tantos meses. De ladrillo, sin adornos. Sin cuadros, monótona en su absoluto horizonte inamovible, lo más parecido a un limbo plano, cuadrado, cúbico y más allá, en lo perdido de sus paredes, tan fuera o tan dentro, que en ocasiones se sentía igual o peor que como se sentiría una hormiga a punto de recorrer la plaza más grande del mundo, sólo hacia delante, sin jamás ver el término de su jornada, sin astros que le marcaran el avance o la perdición total del rumbo final.

La marejada blanca informe y quieta estaba dentro de su mente, ensordeciéndolo.

Su prisión avanzaba hacia él oprimiéndolo como en un antiguo serial en el que las paredes avanzan burlándose, avisando cada día un centímetro más hacia la destrucción total. Lo aterraba que nadie se diera cuenta. Lo aterraba pensar que un día aumentara más la aceleración de las paredes hacia el centro. Trataba de avisar a alguien con la vista. Y no podía. Sentía mientras la opresión también en sus propias paredes pulmonares dentro de su pecho. No podía hablar. Y si pudiera emitir palabra, Fernando sabía que a fin de cuentas no le creerían.

Y se reía en su interior, pensando que se saldría con la suya. Al final.

Habían pasado cinco horas o más entre las tres y las tres con cinco minutos de la tarde. ¿Qué no sabían que el tiempo se subdivide en eternidades finitas y que sólo hace falta desearlo para notarlo?

Afuera de la persiana que aparecía cuando quería, se veía la cerca blanca resguardando débilmente la casa indiferente de al lado. Producto tal vez de un arquitecto que en su falible mirada indolente había hecho una casa inmemorable. Desde su prisión Fernando podía verle todos los defectos posibles en construcción y distribución, además de que de hogar no tenía nada. ¿Qué monstruos podrían vivir ahí? De seguro gente sin sentimientos, degradada por los frenos que la sociedad les imponía, mes con mes, día con día, año con año… y tan contentos.

Por esa misma distribución tan odiada jamás podía ver si el cielo seguía azul o si alguien había decidido cambiarlo de color. ¿Eso era posible? No lo recordaba. Pero la luz del sol entraba por olvidados resquicios caprichosos. Y la luz misma decidía que era amarilla o dorada, pero Fernando en su soledad no le encontraba interés posible.

Los días seguían y él en su prisión, con los pulmones y las paredes oprimiéndolo cada centímetro, cada pulsación, cada inhalar, cada exhalar.

Tenía miedo de irse acercando más a la muerte, pero de un tiempo acá pensaba que quizás ésa era la solución. El morir y dejarlos a todos, que ellos hicieran con la vida lo que quisieran, él, Fernando, ya estaba cansado y no podía hacer más. Dejar la existencia y que ellos se las arreglaran. Él, desde que nació, ya había hecho mucho.

La desolación lo invadió. Ese sentimiento de quererse abandonar y tener la sospecha de que el abandono y su deriva jamás se darán por completo, de tal modo que el día de mañana será igual al anterior, igual al siguiente, igual en sábado, igual en domingo, igual en navidad. Los días sólo eran largos vagones de un tren de carga insospechadamente eterno, en ruta al horizonte vacío, antes y siempre, tan odiado.

Afuera se escuchó un sonido familiar como de algo que se rompía, pero más sordo, y de manera curiosa repetido cada diez o quince segundos. En medio de todo venía a destrozar el inalterable ruido rosa de su vivir.

Fernando aguzó la vista. Por fin lo divisó. Afuera estaba el pájaro, fiel a la cita, cumpliendo su gorjeo, pensando para sí que su alimentación estaba completa…

"¿Pueden los pájaros pensar?", se preguntó, confundido por un segundo.

Cerró los ojos con fuerza, negándolo. Todo tenía sus límites, incluso sus proyecciones mentales por más deseadas que fuesen.

"Este pájaro, si me viera a los ojos, ¿sabría qué estoy pensando yo?"

Se sintió incómodo. Nadie debía saber sus pensamientos. Nadie podría, nadie querría si pudiera decidirse a saberlos. Había seres que jamás se atrevían. Y todo por los miedos. ¿Sabrían del remordimiento? ¿Sabrían del dolor del criminal que mata y destruye el orden establecido para cumplir sus necesidades más íntimas?

Por eso no lo hacían. Por eso no se atrevían a matar a alguien, a cortarle la vida, ese hálito sobrenatural que dicen que poseemos los humanos; a hacer desaparecer a la persona del mundo de los vivos, convertirla en recuerdo, en cenizas, hacerla ser de nuevo parte del mundo inanimado.

Sentir el remordimiento.

Pájaro, ¡yo no quise matarla! No me mires así, que yo tengo sentimientos como el que más. Sí, los tengo, lo sabes más que bien. Te he visto observarme fingiendo que sólo ves la casa. Te he visto teniéndome lástima y sabes perfectamente que eso lo odio. Sabes que eso me da terror, que me tengan lástima.

Y todo porque me ves en esta prisión.

A veces dudo. A veces dudo si esta prisión está aquí a mi alrededor o en mi mente. Pienso que todo esto que me rodea es ficción y que mi vida allá afuera sigue como siempre, con todo mundo sonriendo, pensando en sus cumpleaños, o en si llueve, o en que van a ver la televisión en la noche.

Yo sólo espero al pájaro. Él tiene la llave, por eso está afuera volando. Él, de amarillo profuso, él, que gorjea, él, que sube, él, que se atreve, él, sin pasado. Él sabe mi vida. Lo veo y me ve. Sí, desde aquí veo que me tiene lástima. Lo odio. Lo odio porque sabe mi vida.

Recuerdo la boda, todos con caras tristes, muy

rápida, dijeron, muy triste, faltó alegría. ¿Te acuerdas, Pájaro? Alguien de ustedes estuvo cerca y sí, claro, me di cuenta, pero no le di importancia. Lo dejé pasar como todo.

Le iba a decir a Luisa pero tampoco me daría importancia, estaría ocupada. Siempre ocupada. No tenía caso. Los pájaros no hablan, amor. Los pájaros no saben esas cosas. ¿Cómo las podrían saber? Las guardan en su plumaje, le hubiera respondido, pero no me hizo caso. Me entregó su mirada tierna y bella, como sabía que haría, predecible eterna, siempre queriéndome calmar con su dosis de terrible y abrumadora ternura.

Yo, Pájaro, no necesitaba ternura, necesitaba que me creyeran. Pero tú lo lograste con tu mirada, tú hiciste que lo olvidara todo.

Ahora entiendo la palabra. Los años pasados con ella, todos se hicieron añicos. Años pequeños, ralos, sin chiste, sin devoción, todos aparentando una felicidad que no existía. Todo lo bueno, lo poco, se hizo recuerdo mínimo.

Como ver el microscopio por el extremo equivocado.

Los niños crecieron, se fueron, me abandonaron.

Pájaro, yo no quise matarla. Nunca. No era justo. La mediocridad de su vida, de cualquier vida, no merece un final así. Pero… me hiciste pensar, Pájaro. Me hiciste desearlo. No una vez, sino varias. Y al final…

El pájaro se fue. Las paredes rieron en la cara de Fernando. Ahora tenía una ansiedad en la boca del estómago, de origen desconocido. De alguna extraña manera las paredes estaban ahora frente a él, tapándole la ventana que quería aparecerse, burlándose de su presente. La burla se siente insoportable hasta en la piel como cuando no sabe el burlado de lo que se están burlando.

El caso de Fernando era claro para él. Se burlaban de sus sueños, los que no pudo cumplir, los que no pudo cumplirle a nadie, ni a sí mismo.

Pájaro, ¿estás ahí? ¿Te acuerdas de que antes de casarme quise hacer dinero? Me fui a buscar fortuna, y ahí estábamos tú y yo en esa encrucijada de caminos, estación de los sueños rotos, un autobús anónimo vendría, el primero de cinco rutas posibles diferentes, en ése me iría; tú y yo bromeábamos sobre lo que podía ser, embarcado, indocumentado, campesino, enclaustrado, militar. Pero no, Pájaro, tú me convenciste, ¿recuerdas que te pregunté? Sólo me miraste, en silencio. Me reprochaste que fuera cobarde. No aguanté más y huí de la estación. El autobús vino y se fue. Nunca supe a dónde se dirigió.

Madre me recibió como tu propia madre, Pájaro, como pudo hacerlo contigo. El que abandonó el nido volvió al redil. Oveja Oval Huevo Pájaro.

Pájaro, fuiste tú con tu silencio. Pero así pude estudiar y con el tiempo pude hacer fortuna, y ¿ya viste qué fue lo que hice? ¿Todo para esto? ¿Valió la pena? ¿Volver y encontrar todo igual? El mismo abismo y las mismas estrellas todas las veces.

Pájaro, ¿estás ahí? Ya es de noche, y sabes que temo a la noche. Las paredes de noche me oprimen más que de día. De noche. Esa noche.

Esa noche tan terrible que se enfermó, ¿no

quise quitarle la medicina? ¿Cambiarle la dosis? ¿No quise alterar su estado? ¿No quise que se fuera? Hubiera sido sencillo. Pobre. Dios estaría con ella ahora. Así de grande era ella, Dios.

Dios, Dios, me duele esto, tú debiste haber sabido de mi dolor, tú lo permitiste, Dios, ¿sabías? Tal como permitiste que tu hijo muriera, aunque sigo sin saber porqué… Dicen que estás en todas partes, ¿dónde estás, Dios?

¿Pájaro? ¡Te escuché! ¿Dónde estás? ¡Revélate ante mí!

Fernando abrió los ojos, sintiendo de nuevo que eran lo único que le podía obedecer. Las paredes habían retrocedido una vez más en su eterno juego de atormentarlo con su opresión final, inevitable. Respiró con dificultad pero tranquilo, la ventana ese día apareció completa. Y más allá, afuera, la casa inmemorable, vacía, con sus muertos en vida, obedeciendo a señales incomprensibles que sólo él, Fernando, había descifrado.

Ya sabía lo que estaba pasando, lo de sus paredes mentales, lo de su pájaro acusador.

No sé cómo no me di cuenta antes. Ahora me es claro. El sol me lo dijo. Estoy en Dos Realidades que chocan, una junto con otra, en un espacio de interrealidad, privilegiado, lleno de locura, que puedo apostar todo a que nadie lo ha franqueado jamás. El pájaro, ya, resuelto: es una puerta a una existencia alterna, sólo me falta decidir qué es él: si es un juez, si es un espíritu, si es un enviado. Y una vez asimilado el conocimiento, ya sabiendo su realidad, sólo averiguar, ¿de quién es él? ¿Quién lo mando? ¿Es de Dios? ¿O es del Diablo?

Fernando trató de sonreír con amargura. Le daba igual. Ambos lo habían olvidado.

¿Pájaro? Yo no quise matarla, sólo pensé… No, no sabes lo que hay en mi mente. Me mandas imágenes de tu amo quien quiera que sea. ¿Me ves? Sé qué hay en ti, Pájaro. Estás con tu plumaje amarillo, contento de comer. Estás confiado. Tus ojos vacilan. No quieren verme. No soportan mi mirada. No, no es sólo compasión de verme aquí lleno de vendajes mentales, sin sentir mis extremidades luego de mil accidentes, de mil sobredosis, de mil tratamientos. Soy parapléjico, mental o corporal, no hay diferencia, soy parapléjico. Sin sentir más allá de mis córneas. Por más que pienso con el volumen más fuerte del Universo perdurable, no me escucha nadie.

Sólo tú, Pájaro. Sólo tú.

¿Luisa? ¿Qué tiene ella? No. No te lo diré. No es bueno hablar así de quién no está con nosotros ni en alma, ni en cuerpo. Estamos solos, Pájaro, pero no hablaré ni bien, ni mal de quien no lo merece.

Nunca le tuve odio, Pájaro. Fueron las circunstancias.

¿Sabes, Pájaro? ¿Me oyes? ¿Sabes la cantidad de destrucción que la humanidad ha generado diciendo que sólo fueron "las circunstancias"? No es lindo. Haz el mal, y luego será tomado por el bien, haz el bien y luego será tomado por el mal.

Y al final di, grita, Pájaro, sólo "fueron las circunstancias".

Luisa no está, Pájaro. No volverá. Por mí que

no vuelva a verla hasta el mero día del Juicio Final. Me río, Pájaro, porque si la llego a ver ahí, entre los billones de almas, fingiré que hablo con alguien más. ¿No es para reírse?

Ella buscará mi perdón, o yo buscaré el de ella, pero ya decidí, no le diré ni le daré nada, ni la mano, siquiera. No, Pájaro, no sé, espíritus seremos. No, no sé si los espíritus tengan mano. Pero lo que sea, verla percibirla sentirla no lo haré. Fingiré ver percibir sentir a alguien más.

No soy necio, Pájaro. Así como hay amores, así hay odios. Así hay indiferencias.

¿Te estremeces, Pájaro? ¿Por qué? ¿Por miedo de lo que digo? A veces sueño cosas peores, Pájaro. ¿Y sabes qué concluí también? Qué tú quieres ser yo. Qué estás cansado del cielo, de lo azul, de las casas inmemorables con sus zombies muertos en vida.

Pero no puedes, no te atreves a convertirte en lo que yo. No te atreves a quedarte entre paredes que desean exprimirte el tuétano de tus pobres huesos.

¿Pájaro? ¡No te vayas! ¡No es cierto! ¡Mentí, mentí siempre! ¡No te vayas! ¡Yo no quise matarla!

La luz temerosa. Las paredes opresivas. La ventana de nuevo. La cerca. La casa de al lado. Nadie. Nadie. Ni un pájaro. Ni un sonido.

¿Pájaro? ¿Me oyes? ¿Te fuiste? ¿A las Galápagos? ¿Al Polo Norte? ¿Me dejaste? Pájaro, ¡allá está frío! ¿Comiste algo? ¡Pájaro, vuelve!

¿Pájaro?

Al entrar al cuarto ella enderezó el cuadro en la pared con la pintura que tanto le gustaba. Una escena de un mar tranquilo en la playa, embravecido a lo lejos, todo bordeado de rayos vespertinos dorados, relajantes, que de modo natural ejercía un plácido efecto de paz y armonía.

Volteó a ver a su marido y se sentó a su lado en un pequeño espacio en la cama.

—¿Estás bien, Fer? ¿Te tomaste el medicamento?

Fernando se veía débil, pero más repuesto.

—Sí, mi amor, todo bien... Sólo lo que sabes, este encierro...

—¡Qué bueno! Ya verás que te repondrás... El doctor dijo que sólo eran dos semanas a lo mucho...

La voz de Luisa era cálida, con la paciencia fruto de haber estado casada con un hombre más de diez años.

—Ni me digas, vida, sólo que es demasiado tiempo para que un hombre aguante, cualquiera se puede volver loco...

—Sí, cualquiera, pero tú no eres "cualquiera", amor...

Se rieron cálidamente. Ella le acarició el cabello y se lo arrugó. Miró su barba crecida y se encogió de hombros. Ya se rasurará cuando pueda.

Ella se levantó.

—Vengo al rato, amor... —dijo Luisa.

—Sí, cariño. Con cuidado, no te tardes...

—Si necesitas algo ahí está el celular... ¿Quieres alguna otra cosa?

Él sonrío:

—¿Me puedes traer un plato así como de carne asada o algo similar para un carnívoro nato?

—¡Ah como eres necio, Fernando! El doctor te lo prohibió por estas dos semanas... Ahí te lo haya después si recaes...

—¡Era broma, era broma! ¡Qué carácter, caramba...!

Luisa le sonrió.

—Ándele, ándele...

Él le sonrió una vez más. Ella le guiñó un ojo y se fue. Un aroma a crema humectante flotó en el ambiente.

Fernando sólo lo respiró, profundamente.

Años de que no se dirigían la palabra, ¿para qué fingir ahora? ¿Dónde estaba el amor que juró que era para toda la vida...? Su desprecio le era evidente. Fernando solo pidió un día más.

¿Pájaro? ¿Estás ahí? ¡Vuelve! ¡Por favor! ¡Te lo suplico! ¡Yo no quise matarla...!

Las paredes le sonrieron cuando la luz se hizo sombra al mismo tiempo que la tarde convertida en recuerdos creció en su mente y en su memoria.

Paredes que iban por él, centímetro a centímetro.

Mujer de Ojos Acerados

Los tubitos metálicos de color negro. El resplandorcillo tan familiar. El óvalo azul gris lleno de electrones "interlaceados" me danza en los ojos a sesenta hertz. Mi taza de café y mi café son negros. Es mi quinta de hoy. Mi taza de café parece estar mirándome. Igual que mis monitores enfrente.

Los monitores. Hoy me tocaba el sector Ge-Doce. A juzgar por lo que veía en mis compañeros supongo que mi rostro era también azul. Azul con rayitas ondulantes. El cuadrado de la hoja de mi cuaderno de notas hoy estaba vacío. Supongo que yo también lo estaba.

Cumplía ya el séptimo mes de estar en el bloque de Tampico-Ciudad Madero: el Tampico-Trece. Ya estaba cansado de ver familias tras familias del sector Ge-Doce del área-veintidós-al-veinticinco, un vecindario relativamente agradable, pero muy aburrido.

Nunca he ido a Tampico. Creo que jamás lo haré. No me interesa.

—¿Ya la viste?

Rodrigo, mi compañero de veinticuatro años, delgado, moreno, alto y sin chiste, que siempre me caía en el momento más inoportuno.

—No. La computadora no siempre muestra las imágenes de la misma casa a la misma hora. A veces sí, pero no siempre.

—¿Seguro? Ya es tiempo entonces... mira tu reloj, la vimos dos o tres veces en otros días como a esta hora. Coincidencia o no, me vale madre. Tal vez toque hoy...

Rodrigo estaba nervioso. No te puedes ir de tu lugar más de treinta segundos. Te podrías perder de algo importante. Te castigarían si fuera así.

—Te dije que no siempre. Y que no era seguro que la veríamos recién salida del baño, y que si la viésemos sería en toalla, nunca desnuda...

—Uno nunca sabe. Y bien sabes que ella está consciente de que la vemos.

—No estoy tan seguro, a la gente se le olvida, no hay intención.

—Pues si ella quiere, sí, bien puede ser exhibicionista... ¿no? —Rodrigo pareció recapacitar—, bueno, tal vez no tanto...

—Ahora quién no lo es...

Me miró extrañado a mí y decepcionado a las pantallas. No dijo nada más y se fue.

De Rodrigo me molestaba su aliento, el olor de su loción barata, su presencia. En resumen me hartaba siempre. A veces me daban ganas de golpearlo, pero me contenía. Me podrían suspender. A nadie le gusta que lo suspendan.

Aunque esté justificado.

Ese día yo estaba intolerante. O tal vez todos los días ya estaba así y ni me daba cuenta.

Ya había visto cientos de peleas familiares, mucho sexo aburrido, cinco suicidios, veintitrés robos, catorce homicidios. No los podíamos prevenir. No podíamos intervenir. Eso era lo que no entendía, ¿para qué los vigilábamos si no podíamos ayudarlos? ¿Por qué querían que nosotros los vigiláramos?

Trabajábamos en el mejor turno ese mes, el de las seis de la tarde a las dos de la mañana, seis días a la semana. El mes que seguiría nos lo cambiarían y a lo mejor Rodrigo y yo ya ni estaríamos juntos. Ojalá.

Pensé en la muchacha. Sí, la recordaba muy bien, de una tal familia Azcúnaga, de Puebla. Hubo un momento en que imaginé verle un seno desnudo. Fue fugaz y no habría repetición. Mi error fue comentarlo como una hazaña a un tipo que ni conocía bien y que me tomó el comentario como si fuera intimidad compartida de colegas. Rodrigo no era de fiar. Además, yo no quería vigilarla con nadie. Era mía. Nunca podría dar a conocimiento de alguien mi propio yo real. Deseaba conocer a la chica, aunque era contrario a lo que nos instruían.

Por momentos quería mandarle un mensaje, que supiera que estaba yo ahí. Siento que alucinaba. No sé si era el aislamiento, o lo que estábamos haciendo ahí, frente a las pantallas y con audífonos siempre aislándonos del mundo, conectándonos al mismo tiempo a ese mundo deseoso de que supiéramos de él.

Reconozco que durante un tiempo imaginé que ella quería conocerme. Estaba muy seguro. Me convencí de que uno sabe reconocer señales. Pero nada pasó. Sí, había sido mi imaginación.

La descubrí. Con el rabillo y a punto de cambiarle a otra casa. Esa vez ella me miró con algo que podía definir como "intención". Era el turno de dos, de pasada la medianoche a diez de la mañana.

Eran casi las cuatro de la mañana. Al mirar sus ojos posados en mí sabía con certeza que era una ilusión de la cámara, que yo solo me engañaba, que ella no me veía a mí. ¡Pero lo estaba haciendo! ¡Y eso no podía ser! Sus ojos, sus cabellos, su piel. De seguro su piel era dorada. Sí, de seguro.

Si mis dedos hubieran podido alcanzarla. Si mis manos hubieran podido tocarla.

Me quisieron volver loco. Ya no pude ver a la familia Azcúnaga, la que era, déjenme ver, la número de vigilancia ZCNG-180514. No había más justificación. Y ya estaban a punto de notar que estaba modificando las bitácoras. Pero era un vicio verla. Sólo descansaba cuando dormían.

Ella ondulaba la luz a su paso.

Pero tuve que olvidarla.

Cuando estaba en la casa, sólo soñaba monitores, problemas familiares, personas cortándose las uñas de los pies, gente hurgándose la nariz. Del baño ni hablar. Lo evitaba a como diera lugar. Era detestable.

Pero ella, en mi mente...

Pero ella, y yo, en mi mente...

Apuntes de mi diario:

"Hoy, los Avilar, número de vigilancia VLRX-444873, de Saltillo, me causaron una sensación de ternura. Así es, ternura. Les tomé cariño desde el principio. Ella estaba embarazada, nunca me preocupé por el nombre, sólo a veces recuerdo los apellidos de las casas. Pasó el tiempo y a las tres semanas de no verla, en un momento me mostró su bebé, a mí, bueno, no a mí exactamente, sino a la cámara tres de su sala. Pero fue un momento muy humano. No hay muchos momentos de ese tipo en mis días. Me llenó de una calidez especial que ya extrañaba desde hacía muchísimo y me hizo sentir muy bien todo el día, incluso cuando otra de mis familias favoritas, que sí, las tengo, los Rovirosa, con número de vigilancia RVRS-379862, estuvieron peleándose por algo que no entendí, los micrófonos estaban bajos, como siempre lo hacemos con todo mundo, la concesión general al pueblo, a menos que sospechemos algo. Parecía serio, pero no les puse atención, no me quise involucrar."

Porque ésa es otra de nuestras enseñanzas: No te involucres, jamás. Y nunca me involucraba. Jamás. Era una de las reglas. Y la seguíamos al pie de la letra. Siempre.

Nos decían que ellos al ser vigilados se sentían seguros. Los últimos ataques terroristas, aunque sin graves consecuencias, seguían socavando perceptiblemente el Índice Nacional de Confianza del Ciudadano en las Instituciones. El INCCI había bajado cinco puntos en una semana. Parecía que según la tendencia llegaría pronto, en semanas, a su punto más bajo desde que se instituyó hace cuatro años. Eso no era del todo bueno. Debería haber un límite mínimo establecido. Pero más y más gente quería ser vigilada, quería ser designada Familia de Mexicanos Patriotas, o FMP. Certificada, más que designada.

Sólo nos decían que las personas inscribían sus domicilios en el programa para sentirse más protegidas, con esa creencia firme de que se sentirían vigilados pero cuidados. Firmaban para entregarnos algo preciado: su privacidad, su libertad.

Eso me parecía correcto. Yo lo aceptaba. Sé que había personas que estaban en contra de esto, pero no me importaba mucho su razonamiento. Todos habíamos visto la tragedia de Ciudad Ernesto Zedillo. El desplome de la presa de La Botella había causado más de seiscientas muertes. Al principio pareció un terrible accidente, sólo una gran tragedia que no hacía más que lograr hacernos sentir el dolor natural de la congoja, pero cuando se comprobó que había sido un atentado de los Mara-Al-Qaedas nos sentimos desprotegidos. Nos sentimos vulnerables. Ésos ya estaban más cerca. Parecían como las abejas africanas asesinas. Vienen del sur y se acercan, un día estarán cerca de ti. Inevitablemente. O peor aún, estarán sobre ti. Inevitablemente.

Eso lo recuerdo como si fuera ayer. Todo podía pasar después de eso. Todos tuvieron sus miedos de las pandemias express de ántrax, botulismo. La gente quería estar cerca de gente conocida. Algunos dejaron de salir a la calle. Florecieron las entregas a domicilio de todo tipo de productos. Las escuelas bajaron su asistencia y empezaron las clases por video interactivo. Las sospechas empezaron a crear temor por todos lados.

Malos días para todos. Fueron conocidos como Días del Caos. Empezaron las congregaciones. Los desfiles por la patria. "Yo soy mexicano patriota, no soy Mara-Al-Qaeda". Los letreros en las casas de "SOY BUEN VECINO, NO ME DISPAREN" se vendieron como pan caliente y se colocaban en las ventanas al lado de esas calcomanías que afirmaban: "ESTE ES UN HOGAR CATÓLICO, NO SE ACEPTA PROPAGANDA PROTESTANTE". Supe de barrios que amanecían con dos o tres muertos en sus cocheras. Alguien me dijo que le recordaba a El Salvador de su niñez. No pasaba nada. No debíamos hacer escándalos.

Yo también era buen vecino. Vivía en Aguascalientes. Una buena ciudad, un buen pueblo, una buena colonia. Pero ya la paranoia estaba por todos lados. Bastaba para que alguien anónimo te señalara para que llegaran los jefes civiles de manzana con escopetas y rifles. En lo que te oponías te disparaban. Mucha propaganda decía que había que avisar en caso de cualquier sospecha. Nuestro país estaba en peligro. Nuestras ciudades estaban en peligro. Nuestras colonias. Nuestras vidas mismas. Nuestros seres queridos.

A mi casa vinieron por mi padre. No pude oponerme. Alguien lo denunció. No pude defenderlo y todavía me duele algo. Pero si lo hacía me dispararían. Tengo algo de duda todavía de si mi padre, un conductor de autobuses, tuvo o no ligas secretas con la Mara-Al-Qaeda, si fue tal vez conocedor de sus casas de seguridad.

En mi corazón siento que él no pudo serlo. ¿Cómo podría? Él era buen padre, si acaso un poco desobligado y sí, le pegaba a mi madre. Hasta que ella murió. De tristeza, explicaron, porque mi padre nunca la quiso. ¿De los golpes? Nadie lo puede asegurar. Tal vez ella se suicidó. No lo sé. Por eso cuando lo denunciaron quise protestar, era mi padre, pero tampoco pensé que valiera la pena. Pensé que tal vez era mejor que se fuera. Me hacían daño sus borracheras. Deseé escapar de todo, pero ¿hacia dónde? Estaba entrampado.

La gente es lista dentro de su pasividad normal. Intuía que había, y habría, muchos problemas. No había manera de demostrar tu lealtad a la patria. Todos podrían ser sospechosos y denunciados. No se volvía a saber de los que eran atrapados. De hecho, de mi padre no supe ni donde quedó. Supongo que por ahí estará, en un Centro de Alta Seguridad y Rehabilitación. Un día volverá conmigo. Y será una carga, pero ya pensaré en ello. Todavía falta para eso.

Surgieron las primeras colonias en vigilancia. Sus habitantes fueron voluntarios. Ellos quisieron mostrar que colaboraban. De manera simultánea surgieron los caramonitores. Éstos al principio eran privados, pero luego el gobierno los hizo suyos, como muchas de sus cosas, por razones de seguridad nacional.

La prensa se peleó con ella misma. Algunos dijeron que no era correcto ponerse en manos de vigilantes que observaban a las personas en sus propias casas, que era obvio que eso iba en contra de los derechos humanos. Otros acusaron a los medios de tener al país al borde del colapso paranoico, y dijeron que deberían ser los primeros vigilados. Por su parte la Cámara de Diputados, como siempre, estaba llena de ausentes. Ya ni querían presentarse. Todo lo hacían desde sus lugares.

Alguien mencionó que lo que pasaba era como vivir una época del Terror. No sé mucho de ello, pero tiene que ver con los franceses, cuando en la Revolución Francesa todos acusaban a todos y los acusados terminaban en la guillotina sin demora. Luego supe que terminaron ahí hasta los acusadores también. Los carniceros de hoy serán las reses a sacrificar de mañana.

Casi al final de los Días del Caos se soltó el rumor de que las cárceles estaban hasta el tope y que ya iban a usar los estadios para hacerlos "cárceles temporales", como sucedió en Chile ya hacía varias décadas, más de las que puedo recordar.

Al mismo tiempo que los habitantes de las ciudades aceptaban el monitoreo voluntario, el país empezó a quedar en calma de nuevo. El INCCC se instituyó como una medida similar a los IMECAS de antaño. Con el paso del tiempo fue lógico que las patrullas de jefes civiles de manzana empezaran a capturar cada vez menos personas relacionadas con la Mara-Al-Qaeda. Había menos denuncias. Lo de las cárceles y los estadios repletos tuvo su lado bueno.

Esto fue clave. La gente quería finalmente volver a ver fútbol.

Los desfiles por la patria siguieron, igual que las congregaciones. Se cantaba una victoria contra las fuerzas del terrorismo mundial en América Latina. Llegó el momento en que ya todo estuvo normal y se respiraba optimismo.

Luego en Ciudad Águeda explotó un almacén de aceites durante un desfile y murieron otras quinientas y pico de personas. Fue atentado, dijeron algunos. Simple accidente, dijeron otros. No me importó. Fue como un llamado. La luz me iluminó. Me hice caramonitor.

Los caramonitores éramos entrenados para percibir agudamente cada conducta ilegítima, improbable, casi imper-ceptible, en las familias que voluntariamente entraban en el programa. Los caramonitores no debíamos tener familia, debíamos ser fríos, debíamos ser algo sociópatas incluso, aunque no se decía así, sino que nos llamaban "personal con coeficiente de sociabilidad extremo bajo". Para comprobarlo nos sometíamos a varias pruebas de confianza, incluyendo una con pentotal y otras con electros y detectores de mentiras, polígrafos y más allá; fueron pruebas durísimas, nos medían qué tan "humanos" éramos y nos ponían a prueba en resistencia al dolor. Recuerdo con orgullo que sólo muy pocos logramos pasar.

Después de terminar esos exámenes nos entrenaron tres meses. Primero nos daban labores de identificación de personas, identificación de gestos, identificación de actitudes, psicología familiar, psicología antiterrorista, descripción de personalidades ciudadanas libres de toda sospecha. Salimos directamente de los entrenamientos hacia los almacenes de videotecas.

Ahí me pusieron a cargar los videos digitales, cartuchos tras cartuchos, cientos de ellos, miles, tal vez. Me enteré de que todo lo grababan, cada hora, cada minuto de observación era grabado para ser examinado en cuanto se desease. De repente me tocaba entrar a la sala de investigación y examen, donde un grupo de especialistas por política revisaba cartuchos aleatoriamente. Comencé a pensar que todo era como una obsesión generalizada. Pero no me importaba.

Al estar en la videoteca por primera vez me quedé estupefacto al percatarme de la amplitud del almacén. Había pequeñas camionetas eléctricas aquí y allá con luces como de ambulancia, con plataformas metálicas móviles y con sonidos específicos cuando se trasladaban por los inmensos pasillos. Todos los cartuchos estaban clasificados mediante un sistema de acceso rápido.

No sé porqué pasé el examen, pero creo que me afectó la desaparición de mi padre. Todavía creo que no supe qué hacer. Sinceramente pensé que no me iba a afectar. Pero ese tipo de cosas son como clavitos que te empiezan a perforar el cerebro. Me dejó como un ser vegetativo en estado de vigilia constante. Como si estuviera siempre encafeinado, con mis brazos atados por cadenas a un potro de tortura, sin saber cuándo sería libe-rado. O cómo.

Parecíamos controladores aéreos. Teníamos esa clase de tensión. Intensidad total. Por momentos nadie hablaba. Sin parpadear. Nunca parpadear.

Le dije a mi supervisor:

—Hay algo raro en la PSTR-435187. Son una familia de... dos hermanas... llamadas... permíteme consultar.

La pantalla auxiliar me lo mostró al segundo. María Laura y Julia Pastor, de cincuenta y cinco y cincuenta y siete años. Sus caras de archivo me miraron, una, con un aire parecido a la dulzura y la otra, mostrando una resignación comprensible. Observé en varias cámaras de los cuartos a través de las cinco pantallas auxiliares. Ninguna señal visible de movimiento.

—Ya, ¿qué pasa?

—No se han movido desde hace un buen rato...

—¿Cómo cuánto?

—Pues es la segunda vez que las monitoreo en el día...

—Estarán dormidas, no quites el tiempo.

—Pero están en la misma posición. ¿Conecto los micrófonos?

—Te estás tardando.

Los puse al máximo. Nada se escuchó. Ni un respiro, ni un aliento. Sólo un tic-tac de algún reloj.

—Ya entendí —dije—. Están muertas.

Lo mencioné de manera automática. Me sorprendió como la frase de "están muertas" salió de mi boca. Así, sencillo, sin problemas, sin dificultad, como si fuera algo a lo que yo debería estar acostumbrado.

—Repórtalo a "Defunciones" y anótalo en la bitácora para que los borres, ¿quieres? Estoy viendo mi partido.

—Sí, ya lo hago, pero creo que no debo anotarlo yo, sino los de "Defunciones".

El tipo sólo se encogió de hombros. Así de sencillo.

A los pocos segundos de reportar en bitácora para que "Defunciones" fuera al domicilio registrado, ya estaba en la pantalla el domicilio de una tal familia Ramírez Delgadillo, RMRZ-019826. Un minuto con ellos y la computadora me dio la siguiente toma en automático de mi sector Hache-Veintiuno. Me sorprendí. Un rostro familiar. Lo había visto alguna vez.

Quizás había sido dos años después de la muerte de mi mamá. Fui a Puebla. Pudo ser en un rally, en un desfile, o en alguna fábrica a la que fui a pedir trabajo, por si acaso. Sí, podía ser. La camisería esa. Ella era la de recepción. Recordaba un uniforme verde militar. Era guapa. Morena. Ojos grandes. Pelo negro. Parecía común y corriente, pero algo tenía. La chica de la pantalla podía ser. Y podía no ser.

Pero ahora la vi cuando se paraba al refrigerador. Era la cámara de la cocina. Traía su uniforme, aún con cambios era el mismo uniforme verde. Traté de hacer un zoom pero la puerta del refrigerador me lo impidió. Un ángulo desafortunado. No la pude ver mejor.

Ya me acercaba al minuto de monitoreo. Cuando un caramonitor está más de dos minutos con una familia, se genera automáticamente una señal que se registra en bitácora. Se hace por razones de previsión para evitar que un caramonitor se prenda psicológicamente de una familia, de ser así llegará un supervisor a revisar que no haya algo sospechoso.

Era un asunto común el tener un acercamiento a personas en particular desde cierto punto de vista: fríos, posibles sociópatas y todo, éramos humanos, pero aún así no se podía abusar de ello.

Pero había algo que...

Debido a la naturaleza del sistema de computadoras, nuestro ciclo era así: Un mes nos tocaba un sector en particular. Otro mes nos tocaba otro sector. Y luego volvíamos al primero. Dependiendo del cansancio de cada quien pedíamos el mismo o no. Por alguna razón a mí me gustaban Tampico, Torreón y Monterrey, y en menor medida, Puebla. Había quien elegía Jalapa, o Acapulco o la misma Guadalajara. Muchos evitábamos la ciudad de México. No la podíamos abarcar. Era para nativos de allá. Cada quien su gusto.

El segmento Hache-Veintiuno de Puebla no me parecía especial hasta ese incidente extraño de la mujer de la recepción, la RMRZ-019826. No sé si sería el aburrimiento pero deseaba encontrarme con ella lo que fuera de tiempo. A veces, en contra de mi voluntad, lo juro, desafiaba al sistema, al quedarme muy cerca del filo de los dos minutos. Al borde del minuto con cincuenta y cinco segundos le cortaba. Una vez ella hizo algo que me hipnotizó. Se arregló la media o la pantimedia o qué sé yo.

Corté la transmisión al minuto con cincuenta y nueve segundos. Me lo recordé enérgicamente: "No debes llamar la atención". Sería terrible. Dos errores similares y te investigan. Te envían un extrañamiento y después, si persiste la falta te cancelan tu plaza de caramonitor. Te dejan sin trabajo y con el país como está no puede ser. Allá afuera se cuentan cosas. No nos quieren, con todo y que saben que hacemos bien. Esas cosas raras que nunca terminan de entenderse.

Pasó algo de tiempo. Me ascendieron a especialista. Alguna vacante y nadie se animó a cubrir el puesto. Hicieron otro examen y lo aprobé.

Seguí en lo mío pero con más privilegios. Ya no me llamarían tanto la atención si me quedase más tiempo de lo asignado. Ahora yo podría llamar la atención a alguien. Incluso Rodrigo ya no me buscaba. Tal vez debió haber pensado que ya no pertenecía a su grupo. Nunca pertenecí a ningún grupo. Lo que sí parecía ahora era que me respetaban, lo que antes no ocurría. Llegaba a la cafetería y al lado del botellón siempre había un grupo como de tres o cuatro técnicos hablando entre ellos, como yo pude haber hecho pero jamás lo hice. Y se callaban cuando entraba. No me importaba, con lentitud me servía mi café, no me gusta tirar el agua o desperdiciar el azúcar o la crema. Me salía de ahí y el murmullo empezaba de nuevo.

Más de mi diario:
"Una familia tras otra. Una sala de estar tras otra. Recámaras. Cocinas. Comedores. Muebles. Cortinas. Todos iguales. En todas las casas los mismos cuadros enmarcados. El símbolo de la FMP,

derivado del viejo del Seguro Social, enmarcado. El mismo tipo de gente. Ancianos, madres de familia, jóvenes que viven solos o solas. Padres de familia, niños. Lo mismo.

"Ya nada nos llama la atención. Registramos algo en la bitácora cuando percibimos situaciones diferentes. Si es algo grave, lo marcamos. Conocemos lo que es la normalidad de cualquier situación. Todos los días en el turno, lo mismo durante cincuenta minutos y descansos de diez. Tomamos nuestros cafés al mismo tiempo que ellos. Algunos de los caramonitores se ríen de ver algo. Yo no lo he hecho. Me preguntan por qué. No sé qué decirles. No tengo humor. Veo las mismas salas de estar. Las mismas cocinas. Los mismos problemas. Quiero salir y no puedo. Sólo espero.

"Y espero. No sé lo que es. Pero lo espero. Ver un suicidio no es lindo. Vi a un colgado especialmente repulsivo. No debo ni recordarlo. Me enseñaron a no recordar. A sólo revisar, a observar cuestiones fuera de orden. No a que se me queden los recuerdos. Pero se me quedan. No lo puedo evitar. Miro a mis compañeros y ellos están tranquilos. Sospecho que estoy volviendo a sentir. Desde la muerte de mi madre y el arresto de mi padre pensé que no sentía. Era lo correcto, no sentir. Pero desde que vi a la mujer esa, Ramírez, me siento otro.

"También lo del bebé, ahora que lo pienso. Eso no estaba dentro del entrenamiento. Debí de haberle cambiado a otra casa, pero no lo hice. Aquella mujer me enseñó a su hijo. ¿Para qué lo traería al mundo? ¿Qué no ha visto la situación? Algo pasó.

No debió haberlo hecho. Debería destruir esa página de mi diario. No debe verla nadie...".

Lo peor de observar a la gente es cuando ves a una familia, de ésas a las que ya casi saludas si la vieras en persona, y que de pronto te enteras que todos ellos eran falsos, que la familia no era una verdadera FMP, Familia de Mexicanos Patriotas. Fue triste ver cómo llegaron con ella. Me pidieron buscar el cartucho correspondiente. Consulté el sistema de recuperación de cartuchos de un mes o dos atrás.

Ese día no estaba el almacenista y como correspondía a uno de mis sectores, el Hache-Veintiuno, me pidieron a mí que fuera al almacén.

Llegué. No encontré a nadie conocido. Mostré mi identificación en la entrada. Me dejaron pasar.

—Vengo por unos cartuchos.

—Sí, ¿tienes el número?

Se lo di. Se fue a buscarlo y me lo trajo. Lo revisé rápida-mente.

Casualmente el cartucho incluía la familia de mi vieja conocida, la RMRZ-019826. Así es, una clave, eso era ella.

Algo tenía que hacer. En ocasiones los del equipo de especialistas tomaban el cartucho y se quedaban con él. Era una falla burocrática que se quedaran con todo el segmento entero. Causaba un problema. No dejaban a los demás consultar algo de esos días y sectores si llegaban a pedirlo de arriba. Le quitaban la utilidad. Era incorrecto retenerlo, podía necesitarse.

Por eso saqué un duplicado. Sé que era totalmente indebido, pero estaba justificado, por lo menos en mi mente inmediata. Hice la conversión de manera sencilla para verla en mi casa, lo hice en una consola sin dueño aparente. Estaba nervioso, muy nervioso. Esto no se debía hacer jamás. Veía la gente pasar junto con las sirenas de los vehículos eléctricos. Mi espalda estaba erizada. Insisto, yo jamás hacía esto. Nunca.

Coloqué el dispositivo de copia en la entrada correspondiente de la consola. Introduje el cartucho. En mi cabeza las sirenas aullaban cada vez más fuerte. La copia se realizó en pocos segundos, así, rapidísimo. Saqué la copia y me la introduje en el bolsillo de mi uniforme. Extraje el cartucho y me levanté. Caminé hacia la salida sin prisas. Me sentí un fantasma. Me iban a atrapar y no sabría qué decir.

Las sirenas. Las sirenas.
—Ya la tengo.
—Sí, muy bien...
El tipo de la recepción ni me miró.

No podía dormir. Revisé mi copia muchas veces. No encontré nada en esa familia que los pudiera incriminar. Eso me extrañó un poco. A menos que mi criterio estuviera algo perdido, no vi nada terrible en lo que esa familia acusada vivía, trabajaba y hacía. Nada de Mara-Al-Qaeda, nada de terrorismo, nada criminal, pues.

Ni a quien consultar, ni a mi supervisor. Nunca puedes confiar en alguien que sólo verás pocas veces. Los rotaban seguido. Traté de indagar.

—Esa gente...

—¿Cuál?

—La que se llevaron, los del sector ese de Puebla...

—Los del Hache-Veintiuno. Sí... ¿qué pasa con eso?

—¿Ya los acusaron?

Trataba de poner mi voz lo más neutral posible.

—No sé... ni me interesa...

—Ni a mí tampoco... pero me causa curiosidad...

El supervisor me miró con sospecha...

—¿Qué te puede incumbir...?

En ese momento preferí retirarme.

—Nada... de hecho... ¿Cuándo vamos a cambiar de turno?

Ya no me puso atención.

Miré mi pantalla. Una familia más. Y otra más. Y otra más.

Luego me enteré de que la cinta ya no estaba. El reglamento indicaba que las cintas eran devueltas, siempre.

Estaba frente al guardia de la recepción.

—Hola, hace varios meses estuvo alguno de mi área para unos cartuchos...

—Sí, ¿cuál?

—El Hache-Veinte o Veintiuno, creo...

Esta vez el guardia me miró... y se detuvo en mi gafete.

—¿Vienes a recoger una cinta?

Debí haberle dicho que sí. Debí inventarle

algo. Su tono de voz fue imparcial pero capté cierta actitud en su voz que me estremeció.

—¿Tienes la autorización?

—No...

¿Qué más le podía decir?

Más suspicacia.

—¿Alguna curiosidad personal?

—No... Sólo que... se me ocurrió... que como yo estuve en ese monitoreo, pues...

Silencio.

—Nada más...

—Si quieres, te puedo mantener informado...

Me sonó sincero. Pero no pude creerlo.

—No te molestes.

—Como gustes.

Yo tuve razón.

No debí preguntar, me enviaron un extrañamiento. El siguiente sería peor. Entendí el mensaje.

La familia ya no se mencionó. Mi monitoreo seguía al pie de la letra las instrucciones, mi amiga la de la familia RMRZ-019826 ya tenía novio y los vi varias veces.

Lo peor es que se me hizo que ella aprovechaba que no había nadie en casa y se acostaba con su novio. Y yo lo veía. Ella me obsesionaba. Me resistí a subir los micrófonos. No podría escuchar sus arrumacos. Me volví voyerista. Eso no era lo que yo quería ser. Eso no era lo que yo intentaba hacer. En resumen no sé que quería hacer, pero ella me dominó como si fuera una marioneta.

Decidí que sólo yo la vigilaría.

Fue una mala decisión. Una de tantas más.

¿Cómo saber a dónde te llevarán tus consecuencias? ¿Cómo saber cuáles serán los hechos que decidiste dejar y los que permitiste?

En secreto vi de nuevo mi copia en mi casa. Nosotros, paradojas de la vida, no éramos vigilados. Nos aburriría mucho vernos a nosotros mismos. Estábamos en la élite. Eso pensábamos.

Veía una y otra vez los mínimos dos minutos de cada ocasión que estaba grabada. Dos por día. Sesenta por mes. Una hora de tiempo total. La miré de muchas maneras, pero nada excitante en sí. Al menos en ese cartucho. Pero algo pasaba al final de la cinta. Comenzó a ser más atrevida. Miré el segmento de su ajuste de media. Fue sexy, atractivo. Examiné esa imagen en especial cuadro por cuadro. Resolución total, corrección de movimiento vertical y horizontal. Cálculo de pixeleo aumentado. *HI-DEFinition* calidad de treinta y cinco milímetros.

Movía sus dedos de una manera sensual. Había una cadenciosa rutina en ese movimiento lento. Había un ritmo de lentitud con propósito inicial. Había un débil titubeo al principio. Un parpadeo y una mirada cuidando la dimensión de lo que iba a hacer. Lo detecté en ese cuadro por cuadro. Y me convencí de que era a propósito, ella lo hizo para mí.

Había intención.

Debía ser.

La gente sabía que estaba siendo observada,

pero no sabían cuándo. Era poco probable que supieran cuándo les tocaba ser monitoreados.

Sabíamos de muchas historias de atracción con personas que no veían. Con personas que imaginaban. Ya nos habían dicho que nosotros éramos como sus substitutos de amigos, sus compañeros invisibles. Sus amigos no declarados. Sabían que nosotros estábamos al pendiente de ellos. Nos habían cedido su intimidad. Se nos habían entregado.

Pero nos enseñaron a ser inmunes a todo ello. Era trabajo. Eran personas, pero era trabajo y con el trabajo no te metes.

Lo descubrí. Fue claro. Con el zoom. Descubrí sus notas. Nadie hace zoom. Sólo con los sospechosos y ella no era sospechosa. Y sí, ella era terrorista junto con su novio. Ni duda me cupo después al hacer un repaso mental de todas las oportunidades que los vi. Revisando con el HI-DEF. Mi propósito era otro. Así de casualidad lo supe. Planeaban hacer algo terrible.

Pero no lo reporté. Me sentí comprometido con ellos y aunque siempre sentí reparos al respecto no quise ver lo obvio.

Luego ellos escaparon. Frente a todos.

Me hicieron cómplice.

Me usaron. Definitivamente me usaron. Sabía ella que me gustaba, sin duda. Yo bloqueé a esa familia para tener la exclusiva de su vigilancia. Vi dos o tres gestos en los que no debí dudar. Se la jugaron. Y ganaron.

Fui lo peor que pudo ser un caramonitor. Fui suave. Hubo traición.

Ahora sé que ella fue. Me traicionó.

Miré las imágenes en los periódicos, en los programas de TV, capturando en mi mente una visión del infierno. No nada más capturé esas imágenes. En mi mente las comparé. Vi ese parpadeo. El mismo gesto. Alcancé a ver sus ojos. Eran acerados. El mismo movimiento cadencioso.

Miré las imágenes de cuando se bajaban de un automóvil enfrente del Banco de la República. Los captaron tres cámaras distintas y una de ellas le tomó de cara. Sus ojos eran grises. Su cabello era otro, peinado diferente y de otro tono.

Volaron un banco, había doscientas personas adentro. Más de cien muertos.

Sus ojos eran grises acerados.

Su gesto... y su parpadeo...

Después me quedé pensando. ¿Fui yo? ¿Por eso soy un asesino también? Influenciado por esa culpa cometí errores. Pero como dicen que pasa con los médicos, los errores en este caso también son enterrados.

Pensé en cien personas. Cien tragedias. Cien casas pertur-badas.

Fue la familia... ¿ya para qué dar el nombre? ¿Para qué hacerlo más personal? Debo de alejarme de lo familiar, la casa denominada SLST-569102.

Los vi asustados. Los ubiqué con el micrófono. Hablaban en murmullos. Miraban a las cámaras con sospecha, con ansiedad. Traían un objeto. Una caja con alambres, me pareció. Y estuve seguro. Podía ser de explosivos. Yo ya estaba desmoronado por lo de la desaparición de RMRZ-019826. No quería cometer otro error. Por eso pensé que de seguro estaban confabulando. Lo que yo no sabía era que otro de los colegas ya los había detectado en alguna circunstancia similar, sospechosa, por lo mismo habían sido marcados.

Debí averiguar si había un reporte. Era la rutina. Era normal preferir no marcarlos, darle el beneficio de la duda a la familia, porque, después de todo, eran una FMP. ¿Por qué alguien que permite ser vigilado hace algo que lo pudiera incriminar? No obstante, sabíamos que podía haber elementos negativos en cualquier familia FMP y de eso se trataba la vigilancia.

Pero no tuve criterio siquiera, sin reflexionar los marqué sin revisar antecedentes. Al marcarlos yo y estando marcados de antes les programaron una visita.

Lo que podía ir mal, fue mal. La visita se salió de control. Al ser sorprendidos no supieron qué hacer, se resistieron estúpidamente y fueron eliminados ahí mismo. Vi la imagen y me congelé de horror. Al final mostraron la caja con alambres. Era un viejo control remoto con palanquitas como el de aviones a escala que volaban, que fueron populares antaño. Nada que ver con el control remoto de una bomba o explosivos o algo así.

Mi error costó tres vidas.

Cien o tres o ciento tres. Cifras. A nadie le importa. Eso fue lo peor. Nadie me reprochó nada.

Ya no vi los rostros. Ya no vi sus caras. No escuché las voces. Las personas ahora ya eran como muebles. Objetos inanimados.

Sientes la desconexión. Lentamente.

Llegas a tu casa y no miras nada. Tienes TV y no la prendes. Para ti es igual que la ventana de tu microondas. Todos son carne. Todos somos carne. La furia muere en ti. Mi furia tal vez nunca existió. Y la desconexión se da. Lentamente.

Un día te miras el espejo y descubres que hay una imagen que desconoces. Y esa imagen tuya te dice cosas y no las escuchas.

Y finalmente entiendes lo que te trata de decir. Que tienes que hacer algo. Cualquier cosa. Te encoges de hombros. No es a ti. La persona monitoreada en tu espejo te dice algo. Tú escuchas. Tratas de hacerlo. Piensas que tal vez esta ocasión sea importante.

Pero no te incumbe nada. Carne fresca. Sólo eres vacío, cáscara. No sientes miedo. Concluyes que jamás concluirás. A nadie le interesa ya nada. Sólo ellos tienen miedo. Los de un lado de la pantalla y los del otro lado también. Y te revisas por dentro. No sientes miedo. Es cierto.

Finalmente lo descubres como revelación al amanecer. Cuando el día amanece igual que el anterior, pero algo cambió. Tienes que hacer algo.

Me he preparado. Como dije, a nosotros no nos vigilan. Primero el libro que explicaba cómo hacerlo. Lo conseguí por correo, como las demás cosas, por separado. Nadie se dio cuenta. Los caramonitores especialistas somos de los más leales al sistema.

Me imaginé estar frente a mis pantallas. Con mi gente.

Yo los apreciaba pero sé que un día me descubrirán, aunque sienta que falta mucho. Cuestión de tiempo. Mientras, tengo que salvar a los que pueda. Estaré a mano, ¿no? Provoqué la muerte de cien. ¿A cuántos deberé salvar hasta que el remordimiento me deje en paz?

Nunca he vuelto a reportar nada de incidentes. Eso no es normal. Al revisar los resultados próximamente se darán cuenta de mis irregularidades. El INCCC ha estado descendiendo en caída libre. Ha habido más explosiones. Más muertos. Más familias quieren integrarse a nuestro programa de FMP.

Los responsables de todo esto sabrán tarde que temprano dónde está la falla de seguridad. Los estaré esperando. Siempre listo. Así nos entrenaron. Mientras, lo único que importa es estar aquí sin parpadear. No fallar. Nunca parpadear. Ya no pensaré, ya estoy cansado.

Volaré todo esto.

Menalipa Meteoróloga

—¿Y sí es hija de Eolo?

Eran los murmullos que no se quiere nunca que los demás escuchen durante las reuniones importantes, y que siempre son necesarios, una, para las comunicaciones informales y dos, para el relajamiento de los nervios.

—Eso dice ella...

—¿Y será verdad?

—Yo por si las moscas ni le pregunto, tiene un carácter de la patada...

—¿A poco le crees así, sin más?

—El jefe le cree y con eso basta, por eso la puso luego luego en el pronóstico del clima, porque es muy exacta. Y no abuses porque eres nuevo, si te le pones enfrente... no sabes...

—¿Pues qué es Eolo?

—El dios de los Vientos, el de los cuatro vientos... pues cómo no va a ser exacta, nada más su papá le dice para dónde va el clima y listo, así qué chiste...

—Así hasta yo...

—Así hasta todos...

El ambiente era de expectación. La tensión comenzaba a subir, como siempre, mientras cada recién llegado tomaba su lugar usual, cada uno intercambiando sonrisas forzadas con los demás para darse valor o para darse ánimos. Otros sencillamente no mostraban humor en el rostro. Sería un día aciago para unos, un día feliz para otros, quizá menos en el segundo grupo que en el primero.

La sala de reuniones era grande, amplia y equipada con la parafernalia obligada: un proyector, un reproductor de dvd, una vieja videocasetera, su gran televisión, su pizarrón, su rotafolios con sus hojas, sus marcadores, una mesa presidium para cinco personas de frente al público que estaría colocado en mesas de paño verde como si se estuviera en un salón de clases de escuela secundaria. Incluso las siempre eficientes asistentes habían colocado en cada lugar cinco hojas blancas y un lápiz.

—¿Siempre nos pondrán un lápiz? ¿Porqué estas niñas no recuerdan que muy poca gente de aquí usa lápiz…?

—Sssh.

Era el día de la reunión de segundo lunes de mes. Sólo que esta vez era más especial que las otras reuniones.

Fueron llegando los últimos convocados. Los hombres vestidos algunos de traje, otros, los técnicos, sólo llevaban camisas de vestir, sin corbata. Las mujeres se distinguían por los trajes sastre en algunos casos, las más jóvenes se veían más cómodas y relajadas. Destacaban las que salían frente a la pantalla: eran las mejor maquilladas, mejor vestidas, con mejores sonrisas. Y los hombres que salían a cuadro igual. Se veían como si ellos cargaran el peso de la empresa sin esfuerzo alguno, a juzgar por cómo repartían sus sonrisas, tan seguros de sí mismos estaban ellos y ellas de ellos y ellas, respectivamente.

El director recién llegó acompañado de su asistente, se sonrió con uno de sus allegados en el podio e intercambió palabras con otro que estaba ya sentado.

—Cuando se sonríen así me dan escalofríos, como si ellos supieran cosas que nosotros no…

—De eso se trata, ellos saben cosas que nosotros no, por eso ellos están allá y nosotros acá, no seas güey…

—Lógico…

La voz del director por el micrófono mató los murmullos y susurros sobrevivientes.

—Todos, sí, sí, sí… ¿se oye hasta allá? Muy bien… ¡Qué bueno que ya estamos aquí todos reunidos! Buenos días, bienvenidos, doy inicio a una más de nuestras reuniones de segundo lunes de mes… aunque hoy no es cualquier segundo lunes de mes… Como ustedes ya saben, o suponen, al menos… aquí en mis manos están los resultados de la tercera encuesta y medición de *ratings* de nuestra programación…

Los asistentes en su totalidad intercambiaron con disimulo miradas de ansiedad, y se volvieron a sonreír de manera artificial como para darse ánimos. De esos resultados dependían aumentos, premios de productividad, vacaciones y, en algunos casos, hasta carros nuevos. O nada de ello. Absolutamente nada.

La voz suave del director continuó:

—Como todos están informados y no sobra repetirlo, cada año se hacen estas encuestas en nuestro público para poder saber: Uno, las preferencias de la gente; dos, en qué medida nuestros esfuerzos han dado resultado; y tres y no menos importante, la planeación de campaña de comercialización de nuestros patrocinadores del siguiente año, si es que hemos dado en el clavo en lo que ellos esperaban de nosotros…

Ese era el bla bla bla de siempre. Lo que otros buscaban más bien era qué tanto eran populares y sobre todo, si es que había comentarios negativos de parte del público sobre ellos, ya que el director de la estación era particularmente afecto a hacerle caso a lo negativo y cada crítica de la gente la magnificaba y la aprovechaba para convertirla en reproche, ya que para él, todo mal comentario tenía una razón de ser. Además, sostenía que este ejercicio era bueno y necesario para la moral de la estación, ya que ayudaba a poner a todos en su justo lugar. Y si hacían bien la chamba, pues… ésa era la chamba precisamente, hacerla bien.

—Como siempre, ya sabemos quién es la ganadora de los *ratings* individuales, pero recuerden que hacemos escala hacia abajo a partir del segundo lugar, así que no se preocupen ustedes… simples mortales…jajaja…

El director, de buen humor, hizo una pausa forzada pensando crear un mejor efecto para que el chiste tuviera más resonancia.

—Mmm, okey.

Hubo una risa forzada, pero que a oídos del director casi sonó normal. Eso era lo de menos, lo que no quería era que se pusieran a discutir lo obvio: la campeona era la campeona.

Para matizar lo anterior el director agregó algo

más sin perder la sonrisa:

—En tu condición de hija del Dios de los Vientos, Menalipa, debo decirte que has estado a la altura de lo que se esperaba. Según los resultados la gente te sigue adorando...

Menalipa, con su cabello negro ondeando a su viento particular, se veía, sí, divina, y asomaba a sus ojos una mirada de triunfo.

—Uff.

Nadie pudo precisar de dónde salió la expresión, mezcla de desaprobación y de mofa.

Menalipa sintió cierta incomodidad, pero no le disminuyó el gusto de saber la noticia, aún cuando ya se la esperaba completamente.

Las demás conductoras de diversos programas del canal, como el cultural, el de jardinería, el de las noticias vespertinas y nocturnas y el dominical de variedades, no pudieron evitar sentir envidia, pero al mismo tiempo aceptaban la noticia ya que ellas no eran hijas de dioses ni cosa parecida. Al menos les quedaba la satisfacción de haber cumplido su trabajo con el esfuerzo que era de esperarse de hijas comunes y silvestres. Aún así, con un suspiro mental, también se imaginaban lo que sería si Menalipa no estuviera entre ellos. Mas tenían cuidado de no referírselo mutuamente. Había confianza, sí, pero no tanta.

El director continuó:

—Y aquí tengo para cada uno sus calificaciones del público. Ya era de esperarse que Deportes lograra un excelente resultado, cómo no iba a lograrlo si estuvimos hombro con hombro con nuestro equipo local hasta el campeonato la temporada pasada, así que no fue difícil la integración de la mancuerna… Así también los de la Nota Roja, que sacrifican sus noches buscando el lado humano de la sangre… del desvalido, y vaya que han tenido muchísimo trabajo últimamente, siempre prestos a ayudar a quien lo necesite… ¡Buen trabajo!

—Espantoso como siempre…

Se oyó por atrás, pero no se supo con seguridad quién se atrevió.

—Sssh.

—…Ustedes, mis damas, salieron muy bien paradas con sus logros, los programas que requieren la… sensibilidad femenina y pues… nada de qué quejarse, sólo una vez más tenemos que la sección cultural adolece de… ¿de qué será, Ofelia?

Ofelia estaba desconsolada. Estaba casi segura de que iba a salir mal, y sabía la razón. La había discutido hasta el cansancio con el director desde tiempo atrás, y sabía que él la sabía. Y ella sabía también, obvio, porqué insistía él en resaltárselo delante de los demás. Sólo atinó a encoger los hombros. Dijo:

—Pues, la gente prefiere deportes a lectura, señor, como siempre… y quizá sea la hora…

—Eso ya lo sabemos, Ofelia, pero espero que pongas lo mejor de ti para la siguiente, ¿de acuerdo? ¿Te parece? ¡Muy bien…!

Ofelia se sintió molesta. Siempre le pasaba lo mismo con el director que la tomaba de ejemplo para que los demás no se durmieran en sus laureles.

También miró a Menalipa con su juventud esplendorosa, su cabello largo, precioso y ondeante, su nariz quizás un poco ancha pero atractiva, su minifalda atrevida destacando confiadamente sus piernas esbeltas, y aquel busto altivo que ella portaba con orgullo, siempre distinguida y nunca vulgar a fin de cuentas; como siempre, concluyó, lista para atraer a los más brutos de los hombres, que casualmente formaban el noventa y nueve por ciento de ellos… y su público más fiel, para acabarla. Sólo agradeció que la envidia no fuera color verde, o morada.

—Señor, ¿me permite?

—¿Sí, Sergio?

Ese Sergio siempre tenía algo que decir, pero a la gente le caía bien. De cualquier manera al director no le gustaba esa manía que tenía de opinar cuando le daba la gana. Pero una de las políticas de la estación era tener siempre las puertas abiertas, política que estaba desde hacía siglos, antes de que él llegara a la dirección. Un día de éstos la cambiaría, faltaba más. "¿Alborotadores a mí?", pensó, disgustado por dentro.

La atención de todos estaba puesta en el joven ejecutivo de ventas. Era apuesto, no guapo en el sentido de atraerlas a todas, pero era agradable y atractivo para algunas. Tenía más de seis meses en la empresa y le iba bien, era responsable y además daba clases en una universidad.

—No es culpa de Ofelia, señor, siempre hemos hablado que es cosa de los horarios, a ella la ponen demasiado temprano, a las seis treinta de la mañana. A esa hora no hay quien pueda sostener un *rating* de aprobación. La gente se alista para irse a sus trabajos en esos momentos…

"Habrá que vigilarlo, siempre me quiere poner en evidencia", pensó el director, con inquietud.

—De acuerdo, Sergio. Ya había tomado nota de eso, igual que las otras ocasiones, pero no me puedes decir que no se puede estar a la altura de las circunstancias… Aunque no es lugar aquí para hacer una sesión de ideas de los errores y pormenores de los demás, ¿verdad? Y recuerda que ya estamos trabajando en eso… gracias por tu participación…

Sergio escribió algo en su libreta y asintió. Pareció que el tono sarcástico se quedó sólo en la imaginación de todos.

—Muy bien, ¿algo más…? ¿No? Perfecto…

Menalipa se sentía en las nubes, como era de esperar de una buena hija de los Vientos. Ya quería ver los comentarios personales, muchos eran de niños y niñas que estaban encantados con sus apariciones, y sobre todo de las mamás de ellos, que sabían exactamente cómo vestir a los chamacos en ciertas ocasiones de clima dudoso. La impaciencia la corroía. Ella sabía que había hecho un buen trabajo una vez más… y la verdad era que no le costaba mucho ser exacta y encantadora. No se decidía por cuál de los dos rasgos agradaba más a la gente. Pero seriamente ella pensaba que era útil.

El director prosiguió:

—Pues sí, recibirán todos ustedes sus comentarios, están en los sobres que entregaré al final de la reunión… pero antes quisiera decirles algo que es de su sumo interés…

Pasó media hora más explicando resultados, tendencias, objetivos y logros. Nadie puso verdadera atención en su presentación, ya que la mayoría del tiempo todos los pensamientos derivaban hacia los sobres que reposaban al lado de él. Muchos lo consideraban una tortura, tanto que algunos se sentían mal del estómago. Sólo dos parecían ser indiferentes aunque quizá cada uno por razones distintas.

Por fin el director acabó su serie de filminas, opiniones y planes. Fue diciendo ahora sí el nombre de cada uno de los asistentes.

—Peor que entrega de calificaciones…

—¡Qué nervios!

Muchos parecían recordar efectivamente la atmósfera de sus tiempos de estudiante cuando se entregaban resultados, pero en aquello se jugaban seises o sietes, promedios o pases. Ahora era en serio. Además de los estímulos, en caso negativo hasta despidos podía haber.

Cada quien recibió su sobre con sus temores y angustias encerrados en los puños, como si fueran resultados médicos. Cada quien se fue a su lugar, cubículo u oficina para abrirlo. Nadie se permitió mostrar nada que pudiera ponerlo en evidencia. Además, cada uno tenía una idea aproximada de lo que iba a recibir. Aún así la mayoría sintió aumentar su pulso sin importar que tuvieran la certeza de haber triunfado.

Sin embargo, a pesar del acuerdo tácito de silencio, se escuchó un grito de indignación:

—¡No… puede… ser…!

Desde donde estaban todos voltearon a mirar hacia la sorprendida, queriendo saber quién o qué pudo causarle tal indignación.

—¡¿Cómo pudo pasar?!

Era Menalipa, la hija de los Vientos. Sólo ella podía gritar así. La pregunta de todos fue: "sí, pero… ¿qué pudo pasar?"

El director de la estación, que ya se lo figuraba, se lo dijo al jefe de redacción.

—No le digas a nadie, pero hubo alguien que la rechazó terminantemente… y ya te imaginas quién…

El jefe de redacción, al saberlo, puso cara de póker para esconder dentro de sí el más de un kilogramo de satisfacción, y puntualmente fue con sus redactores.

—No le digan a nadie, pero Menalipa obtuvo varios comen-tarios en contra de su sección… que fueron armados por ya saben quién…

Los redactores se encargaron de pasar la información privilegiada a todos sus propios privilegiados.

—A Menalipa casi la despiden por maleta y sangrona… pero no lo anden repitiendo por ahí, es confidencial… ya saben quién fue el que tuvo la idea… ¡Pero no se lo digan a nadie!

Laurita, la de las clases de cocina, y privilegiada a su vez de una de las redactoras, fue sin tardanza a ver a Menalipa. Le preocupaba por inmadura y porque de plano le causaba cierta simpatía y lástima, la verdad. Además, ella, Laurita, se preocupaba por todos. Todos sabían eso.

—Mena, que no te apure, es sólo cuestión de cambiar de estilo en tu sección... Lo puedes lograr, estoy segura... Además la gente te aprecia, él no quiso molestar, sólo tómalo como una ayuda de...

Menalipa todavía tenía en sus manos el diminuto papel azul con los comentarios. Si ya antes estaba furiosa, ahora, si hubiera querido, casi podría fulminar —literalmente, claro— a la señora Laurita, con rayos de 100 millones de voltios. Cosa que habría hecho de no ser porque se llevaba bien con ella y porque sabía que no le tenía envidia como las otras empleadas de la empresa.

—¿Qué? ¿De qué me está hablando?

La señora Laurita, quien nunca le tuvo miedo a los rayos, sólo quería ser solidaria. Sabiendo que debajo de la piel de una hija de dioses podría haber una niña con emociones terrestres y sensibles, la trató de consolar de la mejor manera que se le ocurrió:

—Mira m'ija, que te rechacen y hagan comentarios en contra de tu persona no significa que te falte profesionalismo... Sabemos el esfuerzo que le pones a tu trabajo y los comentarios dañinos de... nadie en especial... en realidad no deben hacerte sentirte menos, no te sientas mal por eso, ¿de acuerdo?

Los ojos de Menalipa despedían fulgores, no sólo por el contenido del mensaje, sino porque ¡ya todos lo sabían en el canal!

Controlando su divina furia, sólo acertó a decir:

—Gracias, señora Laurita, pero ¿sabe? Ando muy, muy molesta. Me voy, la veré después.... ¿sí?

—Sí, Menalipa, ojalá que pases un bonito feliz de semana… Mira, estoy segura de que ya se te pasará, lo verás… sólo es cuestión de…

Menalipa la abandonó dejándola con la palabra en la boca.

—…madurez…

Era la primera vez que se sentía rechazada por algo o alguien. Ella, que venía a predecir el clima de la manera más perfecta del mundo ya que sabía con precisión lo que iba a suceder con varios días de anticipación (su padre sólo le permitía decir a lo mucho dos semanas por adelantado, detalle que le bastaba a la hija, y más que mejor, al público de la hija), razón por la cual era adorada por la gente… provocando a su vez que ya no tuviera competencia en su área en los demás canales, por bella y exacta.

¡Y he aquí que un pobre idiota le decía que no! ¡Casi en su misma cara! ¡Delante de los demás!

Que su trabajo era malo, que todo lo que hacía era inútil y sin chiste, ¡que porque era sólo una niñita mal educada, consentida, hijita malcriada de papi! ¡Eso no se lo iba a permitir a nadie! ¡Hijita malcriada de papi!

—¿Me puedes decir qué es lo que no te gusta de mi actua-ción?

Se habían puesto de acuerdo para verse en la cafetería que estaba debajo del canal. Menalipa estaba francamente molesta. Pero no quería gritar en los pasillos, eso nunca, eso ya sería demostrar demasiada pérdida de estilo. Además, su orgullo estaba maltratado. Esto no se iba a quedar así, qué caramba.

Había llegado con aparente calma. Pero Sergio se imaginó que quizás era sólo parte de la imagen de ecuanimidad que ella quería proyectar a los demás y que debajo de esa capa, y de su rimmel, había un huracán en ciernes.

Sergio la miró a los ojos tratando de aparentar seriedad y procurando que su tono de voz no delatara que se estaba divirtiendo. Poner en su lugar a una diosa niña de papi, domadora de vientos, sin importarle consecuencias, tenía su desafío interesante.

—Eso mismo, que es una actuación… Dime, ¿qué chiste tiene que una persona como tú, que ya sabe el clima con mucha antelación, se aparezca en la tele y desde ahí sencillamente repita lo que ya sabe que va a pasar, eh? ¿Dónde está el mérito?

—Tiene su chiste, oye… ¿Qué crees que no sé de la responsabilidad de lo que digo? ¿Que hay personas, miles, que toman decisiones basadas en esa información?

—Así es, para ti lo ha de tener… no lo dudo ni tantito…

Sergio trató de evitar la sonrisa que se le iba a salir. Lo logró.

—Una cosa sí te voy a decir: Me molesta que me hayas puesto en evidencia delante de los compañeros…

Menalipa parecía sincera. Al menos estaba haciendo el esfuerzo por mantener la compostura.

—Pero ¿por qué? ¿No es bueno tener una crítica constructiva de vez en cuando? Y no fue delante de los compañeros, además...

Sergio podía parecer inocente cuando quería.

Ella respondió con fiereza:

—A mí no me critican, punto. ¿Y sabes porqué? No por esa falta de humildad que pudieras pensar, sino porque hago muy bien mi trabajo...

Sergio no le hizo caso:

—Yo sé perfectamente que no me tienes que complacer a mí, pero eso es lo de menos... ¡Ah! Un punto clave es que eres pero requete pagadísima de ti misma... y no me lo niegues.

Menalipa contuvo su impulso de levantarse de ahí inmediatamente.

—Pues claro, ¿qué te crees? Mira, déjame decirte que yo tengo mucho que dar, ¿sí? Y lo doy, y ellos lo reciben, ¿sí? ¿Cómo la ves?

No había mucha gente en ese momento pero el testigo casual platicaría a los demás el encuentro, o más bien el encontronazo, en el próximo *break* en la cocineta de cada departamento.

—Sí, ¿pero a mí qué? Yo sólo juzgo lo que veo, y oigo...

—O sea, así, sin querer ver lo que hay más adentro... menudo crítico resultaste...

—Pero dime, ¿qué es lo que hay dentro? Para mí eres una joven con mucha energía, buena persona, sí, puede ser, pero insisto, te muestras acartonada... y eres ventajista, además...Y está bien, así es esto, es un canal de televisión, ayuda a vender jabones, no es la vida misma...

Menalipa estaba prácticamente desencajada.

—¿Te gustaría que me fuera del canal o qué?

—No, me gustaría que hicieras lo que te diera la gana... Y ya me voy, se me acabó el tiempo, tengo que ir a clases... Rico café...

Sergio se dio la vuelta para retirarse.

—Espérate, oye...

Sergio se detuvo con una marcada impaciencia.

—¿Qué quieres?

—¿Porqué me dejas con la palabra en la boca?

—Pues ya no hay más de qué hablar... ¿o sí?

Menalipa cerraba los puños de coraje.

—Me estás enojando... y cuando me enojo me sale lo inmadura... me conozco, y hablo de más... Eso que haces es pura provocación, eso no es de caballeros...

—¿Ves? Haces lo que quieres...

Menalipa estaba más enojada porque no quería sentirse enojada. Ese círculo vicioso siempre la llenaba de furia y ahora más por culpa de este tipo. Dijo de la manera más natural guardándose lo más posible:

—De acuerdo... Hasta luego, pero... sólo te digo una cosa, luego no te quejes, no te dejaré en paz hasta que reconozcas que hago un buen trabajo... No es terquedad, es sólo que reconozcas el hecho en sí.

—¿Ya terminaste?

—Sí.

Ella pensó que él diría algo para hacer las paces, lo que fuera. Eso era de caballeros. A los que ella estaba acostumbrada, pues.

—Adiós. Pasa buena tarde...

Sergio abandonó el lugar y se fue a su carro.

¡Casi la había dejado con la palabra en la boca!

"¡Maldito! Ya va a ver...", pensó ella.

Menalipa no era ventajosa ni vengativa, pero

esta única vez se sintió con deseos de hacer algo en justa reciprocidad, no por primera vez en su vida, claro. Y como podía hacerlo, pues, lo hizo. Por algo era hija de Eolo.

Sergio no ignoraba que algo podría suceder. Desde el principio al quejarse de ella se imaginó que habría un castigo al que se haría acreedor, pero creyó que no pasaría de un berrinche de la niñita. Aún con eso, precavido como era, supo que podía caer en la ira de los dioses, o más bien de la hija de uno de ellos, y uno menor, por supuesto, pero no poco poderoso.

No manejó más de dos cuadras cuando empezó a llover.

Y sí, no tardó en darse cuenta que sólo llovía a su alrededor.

—¡Ah, que Mena ésta…!

Al llegar a la Universidad se bajó con su paraguas y a todos en el estacionamiento les extrañó esa lluvia repentina ya que la mayoría sintonizaba en la televisión el Estado del Tiempo con Menalipa, donde ella había dicho muy claramente esa mañana que no iba a haber lluvia durante dos o tres días seguidos.

Por un minuto también desearon también haber traído paraguas o mínimo impermeable, pero en todos imperó el asombro al comprobar que sólo llovía en esa cuadra, y que era sólo caminar al otro lado de la calle para estar bajo el cielo azul a pleno sol. Al mirar arriba sólo veían una nube estacionaria. Era un raro espectáculo.

Sergio entró al salón, todo empapado. Saludó a los alumnos.

Afuera el agua caía con fuerza y por lo mismo de la concentración del microclima el sol había desplegado un arco iris casi frente a ellos. Los alumnos estaban sorprendidos.

—¿Qué nunca han visto llover? ¿O cómo?

—No en una sola cuadra a la redonda... —le respondió un alumno regordete.

Sergio hizo un gesto de indiferencia y empezó la clase, calado de frío, pero como si nada.

—¿Eso hace? Ah, méndiga.

Estaban Sergio y Raúl, un amigo de confianza que trabajaba en el área técnica, en la consola máster, al lado del jefe de producción.

—Sí, la vi hacerlo varias veces, pero no le digas que te dije yo, si lo hace me convierte en chivo o en algo peor...

—Raúl, pero sólo sabe de climas, no es bruja, miedoso...

—Tú que sabes de los poderes de esa gente...

—Por favor, no me salgas con que tienes miedo...

Raúl temió lo peor.

—Ay, ya la regué contigo... No manches, *please*, no me la alebrestes... O peor, no me la cuchilees...

—Ya, ya, maricón, a ver cómo le hago...

—¡Maricón, tu mamá, Sergio! Pero ya te dije, ésta boca no es mía, ¿sale?

Raúl se levantó con el ánimo de contribuir a dar una lección a esa niñita mimada. Desde que supo de la guerra entre Sergio y Menalipa, de inmediato quiso ayudar a su amigo en lo que se pudiera ofrecer. Eso sí, habría que hacerlo con cuidado y pru-dencia.

—Sale. ¡Ah, Raúl...!

Raúl se detuvo.

—¿Qué?

—¿Nunca has pensado en las inmensas ventajas de ser chivo?

—Cállate la boca, *¿okey?*

—Ándale pues...

Raúl se talló los brazos. Le había dado un escalofrío.

Sergio se quedó pensando en qué haría a continuación.

Pidió hablar con el director.

Éste no quería recibirlo, sabía de todo el asunto entre ellos, pero no quería meterse en asuntos que no le correspondían. Sergio, aunque era probablemente revoltoso, todavía hacía bien su trabajo en el área de comercialización y era de los que más vendían a los patrocinadores. Sólo estaba buscando el reemplazo adecuado, para cuando fuera el momento. Nadie era imprescindible, qué caray.

El director había llegado a un puesto en donde ya estaba todo hecho, al lugar adecuado en el momento correcto, la delicia del crecimiento corporativo. Ayudaba, por supuesto, el que tuviera las conexiones necesarias. Y por sobre todo, haber llegado cuando los *ratings* eran bajos, lo cual siempre es mejor que llegar cuando los *ratings* son altos. De esa manera lo que logres, lo poquito que sea, ya es muy bueno en comparación con lo original. Y cada puntito ganado equivale a aplausos y bonos.

Mantener los primeros lugares o llegar a la cima es la muerte. El director pensaba que nada era imposible, pero decía, ¿qué necesidad hay, pues, de preocuparse? Y luego se dio, así, de la nada, la llegada oportuna al canal de esta niña providencial, Menalipa. El golpe de suerte había sido colocarla precisamente en su nicho correcto: el pronóstico del tiempo. Y que ella aceptara presentarlo, la gloria.

—¿Qué hay, Sergio? Siéntate. Dime, ¿Cómo va todo?

—Bien, ¿cómo está, lic?

—Bien, ya sabes, sacando el trabajo, con algo de prisa. ¿Qué deseas?

Sergio empezó a decir las cosas a como se le iban ocurriendo.

—Pues, usted sabe lo de mi primer comentario negativo hacia… ella…

—Dilo, ella, Menalipa, sí, no hay problema, puertas abiertas, ése es mi lema…

"Pero no por mucho", el director se sonrió interiormente.

—Sí, Menalipa, y a partir de ahí, pues empezó esta guerra o batalla entre nosotros, o más bien de ella hacia mí…

—Ah, sí, supe…

"Claro que supo, consiguió que Menalipa dejara de atacarme con sus microclimas nefastos en las inmediaciones del canal sólo porque lo afectaban a él", pensó Sergio. Si al lic no se le iba una, aunque fingiera lo contrario.

—Sí, pues bueno… lo que pasa es que venía a

indagar algunas cosillas sobre ella, aquí con usted…

—Adelante, dime, en qué te puedo ayudar…

Había papeles muy importantes que requerían de su atención y medio los veía para estar enterado y así firmar con sus iniciales a los lados de las hojas.

—Pues usted sabe cómo son las oficinas. Son como un microuniverso en los que todos vivimos, convivimos de manera cotidiana a veces más que en nuestras casas, etcétera…

El director asintió sin saber a dónde quería llegar su empleado.

—…Por tanto, todos nos enteramos de todo, tarde que temprano…

Sin quererlo, el director alzó una ceja.

—…Y créame que si la gente se entera de algo… la gente es muy argüendera, hace escándalos por cualquier cosa…

El director ya había dejado de medio revisar los papeles que tenía frente a él. Lo miró fijamente.

—¿Qué tratas de decirme, Sergio?

Sergio correspondió mirándolo de igual manera.

—Que ya supe lo que nuestra amiga hace de vez en vez y que sé de seguro que eso no será muy bien visto por la comunidad, si se entera, que es a la que nos debemos en primera instancia en esta ciudad. Así de simple, así de llano.

—No sé de qué hablas…

Sergio suspiró. Así debían ser las cosas.

—Mire, lic, no nos hagamos, ella, como hija de dios menor, tiene sus habilidades, y yo lo pude suponer al principio, pero no pensé que se atreviera realmente a hacerlo, caramba…

—Sergio, ¿sabes lo que estás insinuando, y más aún, lo que estás arriesgando? Para lo que uno dice hay que tener pruebas…

—Le dije, lic, ¿para qué nos hacemos? Ella lo hace y punto, y yo pues, indignado como el que más, sería el primero en revelar a los que quisieran saberlo lo que esta niña ha estado haciendo en los últimos tres años… Y no vamos negar que hay gente a la que sí le encanta el escándalo, válgame Dios…

El director se levantó, impaciente. Este Sergio le había salido muy curioso. Y se aprestaba a chantajearlo. Esto era grave, la verdad. Él no se lo podía permitir.

—Pero antes de que concluya, déjeme decirle lo que pensé: Así está la situación, además de su dote de… digamos, *entender* el clima más que nadie, esta muchacha, Menalipa, lo que hace es manejarlo para que se acomode a su *rating:* mientras mejor clima, mejor predicción, mejores calificaciones, más y mejores patrocinadores…

El director se volvió a sentar. Lo que más temía pasó. Ese conocimiento discreto ya se había descubierto y lo había descubierto precisamente alguien sobre quien él no tenía control. Y él odiaba no tener el control. Le enfermaba no tener el control. El director así era de reiterativo.

—Muy bien, Sergio, ya estamos grandecitos y si quieres hablar, hablemos...

Hizo una pausa.

—Te informo. Los golpes de suerte no bastan. Vienen solos, Sergio, pero eso sí, hay que ayudarlos. De ese modo, hablando con la niña, supe de casualidad que tranquilamente podía manipular los vientos cuando ella quería. Ella lo mencionó como un don… menor, como tú dices. Lo demás fue pensar muy bien qué clima queríamos… y cuándo lo queríamos… Nunca vimos nada malo en eso. Ella lo sabe hacer muy bien y jamás causó algún terrible cambio climático que lamentar…

"A excepción de aquellas inundaciones, ¿en qué ciudad fronteriza?" El director se sonrió por dentro.

—Ejem, de esa manera logramos *ratings* superiores en su segmento, luego en la hora… y su talento no fue realmente explotado, por así decir… sólo el día que se quiso organizar un evento institucional fuera de las instalaciones, al aire libre, de ésos de mucha inversión, y en el que se requería tener un clima perfecto, cosa que la competencia no podría ni en sus más locos sueños controlar. Bueno, a ellos, mmm, casualmente, digamos, se les echó a perder uno de sus magnos eventos por mal clima… ¿tú crees?

El director sonrió y se volvió a levantar. Encendió un cigarro.

—El mundo de los negocios es así. Nada nuevo… No tiene nada de malo aprovechar una ventaja comercial, los demás lo hubieran hecho también, ¿eh? Me refiero a eso, a contar con alguien así en su nómina… No dudo que haya quien sospeche algo, demasiadas casualidades, pero…

¿quién podría demandar? Sobre qué bases, dime: ¿que la hija de Eolo se presta a manejar el clima para el provecho de una sencilla estación de televisión? ¿Qué se cree esa gente? ¿Que todo tiene un precio?

Sergio intervino en el discurso:

—Y aquí el precio se llama… adulación y vanidad. Sencillo.

—Dime, ¿tú que hubieras hecho…? Tienes a esta niña en tu empresa, ¿cómo no le vas a dar todo?

—¿Pero cómo las cosas pueden ser así?

—Dinero es dinero, de ahí viene tu sueldo, no lo olvides, de la generosidad de los patrocinadores… no de la beneficencia pública, no del gobierno, no. —Miró a los lados y trató de alzar la voz—. Viene de ellos, de los que fabrican cosas y las venden para nuestra bendita audiencia…

—Pero mi sueldo es limpio, al menos yo no manipulo nada…

—Todos manipulamos y nos dejamos manipular…

El director sonrió de manera comprensiva, casi paternal.

Sergio lo miró. Odiaba esas actitudes de padre-hijo-deja-te-explico-la realidad… Él también sabía de realidades.

—*Okey*, no hay problema, usted sabe lo que hace o lo que quiera hacer. Yo sólo quiero pedirle algo…

—¿Qué?

A eso habían llegado, a un chantaje vil, el director pensó rápidamente. Estaba bien, ¿qué podía ser? ¿Dinero? No creía, Sergio no parecía tan burdo. ¿Un ascenso? Eso sí, cuestión de mover las piezas correctas, además, era mejor tener a este imbécil controlado dentro de la tienda que fuera de ella, donde podría causar más daño...

—Muy sencillo, creo que está a su alcance, cambie a Ofelia de horario, póngala más tarde, de perdida a las siete de la noche, o a las diez...

El director lo miró un poco incrédulo. Nunca pensó que empezaría por ahí. ¿Sergio traía lista de peticiones o qué?

—No, no, Sergio, no, no creo poder, tengo muchas presiones ahora... sí sabes, ¿verdad? Pero bueno, tal vez en seis meses las cosas mejoren... Espero que comprendas...

Nunca hay que ceder a la primera. Jamás. Es ley entre negociadores.

Sergio lo miró a su vez.

—No le estoy pidiendo la luna, lic. Es sólo un cambio pequeño. Se beneficiarán ella, el canal, usted como promotor de las artes y la cultura...

Eso no tenía mucha importancia real. Ya iba entendiendo, Ofelia era importante para Sergio. Lo tantearía.

—¿Qué más? ¿Que le suba el sueldo a ella? ¿O cómo?

—No. De hecho, es todo. Pero que sea compromiso público lo de Ofelia, anuncio, promoción continua en el canal. Todo eso...

No era mucho, pensó el director.

—Puede ser... ¿Qué más?

Sergio sonrió.

—Es todo.

—¿Todo?

De nuevo la incredulidad. ¿Cómo podía ser? De menos un cambio en el lugar de estacionamiento, tal vez.

—Sí… a cambio de que yo no diga esta boca es mía, es todo…

El lic tenía que concederle eso a Sergio. No era muy correcto, pero él sabía su cuento.

El director le pensó. No era mucho, no lo suficiente para mantener a Sergio bajo control. Pero era un buen comienzo. Ya vendría después a pedir algo más. Siempre son así. La ambición es mucha. Y ya lo agarraría, cada vez más.

—De acuerdo. ¿Algo más que… quieras tratar?

—No… Nada más.

Sergio se levantó y se dirigió a la puerta.

El director le preguntó como para hacer un guiño de reconocimiento entre amigos, para sellar la nueva alianza:

—Ella sigue enojada contigo, ¿verdad?

—Sí…

—Ya se le pasará… Es buena persona…

—Seguro…

Sergio se rió con discreción y salió.

El director sólo volteó a mirar la cantidad de papeles que tenía que revisar. Sí, así se hacen las alianzas con la gente pequeña. Solamente es cuestión de control.

A Sergio le pasó lo más ridículo de un verano. Una cellisca extrema, sólo para él, que le congeló hasta los huesos. Pero ya se lo imaginaba, ya había tenido la tormenta, el calorón, por tanto ya era posible que le tocara un frío de estar a punto de congelamiento.

Él aguantaba eso y más. Él. Pero su carro no encendió. Se le había congelado el agua de la batería. Sólo su anticongelante lo salvó de que el daño al motor no fuera grave. Le pudo haber tronado todo lo de dentro. Y eso sí le hubiera costado mucho dinero.

Ahora vería esa mujer.

En esta ocasión fue él quien la citó a ella en un café en el centro. Ella le había suspendido los microclimas para la cita. No era tan caprichosa.

—Ya era hora.

—Se me hizo tarde, ¿por qué tienes gripa?

Menalipa era buena fingiendo inocencia también.

—Nada, un resfriado que pesqué por un norte que se vino de pronto...

Ella sonrió. Sergio ya hasta le parecía simpático, la verdad. Había aguantado todos los microclimas que le había impuesto sin quejarse, pocos tenían ese temple. Eso le agradaba a ella.

—Pobre de ti, ¿has hecho enojar hoy a alguien más?

—No, todavía no, pero es temprano, falta para que se haga de noche... Hay tiempo todavía...

—Ah, bueno, menos mal...

Él la miró. Sintió escalofríos por culpa de esos cambios de clima. Tenía que llegar todo a un fin. De una manera u otra.

—Ya, ¿no?

—Ya... no... ¿qué?

—Tu guerrita.

—¿Cuál?

—La que me confirmó que sí eres una niña consentida.

Menalipa lo miró otra vez irritada. Pero ya también se estaba cansando. Habían sido días de haber salido al aire poniendo todo esfuerzo pero le costaba tener el entusiasmo. Ese comentario de Sergio hizo que revisara sus actuaciones anteriores. Y sí, sintió que podía dar más. Pero algo sucedió. No era lo mismo. Y estaba lo de su papá…

Dijo:

—Ni aguantas nada...

—A lo mejor, pero ya, ¿no?

Ella lo miró mientras pensaba, contrariada. Sus cabellos negros ondulantes se veían, a diferencia de otros momentos, demasiado quietos, como si estuvieran tristes, como olas en plena retirada.

—Por tu culpa me enojé con mi papá…

—¿Con quién?

—Con mi papá…

—¿Con Eolo?

—¿Cuál otro? No seas menso. Sí, Eolo, aunque lo menciones así como si nada; bueno, no que fuera la gran cosa mi viejo…

—Aquí entre nosotros, podía ser la gran cosa, por lo menos en este punto del planeta. ¿Porqué se enojó?

—Porque dice que abusé de mis… facultades por haberte dejado caer todo eso, lo de la tormenta, lo del calorón… Sí, se dio cuenta…

—Y sí, dilo, también se dio cuenta de la cellisca con escarcha y todo, con eso casi me congelaste, que bárbara… y te acabaste la batería de mi carro. Tendré que comprarle otra…

—Tú tuviste la culpa, me enojaste…

—Sí, mi reina, pero date cuenta de que así se demostró el punto…

Él hizo una pausa.

—Además, sábete que descubrí otra cosa…

—¿Qué?

Éste era el momento de la verdad. Sergio decidió ir con todo:

—Pienso que… tú manipulabas el clima, mi querida amiga…

Menalipa se quedó congelada.

Al no responderle nada, Sergio continuó:

—Di algo, sí o no… Defiéndete… total, es entre cuates…

Ella enrojeció.

—Ni que fuera para tanto…

—¿No sientes culpa?

—¿Cuál culpa?

Sergio pensó en su arrogancia. Una hija de dioses no iba a reconocer que se equivocaba aún si lo quisiera. Al menos no respondió abriendo los cielos para que le cayera una gran tormenta en la cabeza. Sólo a él. O un rayo. De 10 millones de voltios. Todo puede pasar con esta gente, más si son el epítome del capricho.

—Pues con razón menos le fallabas, ¿verdad? Acomodabas el clima que querías, cuando querías…

Menalipa se sintió impaciente. De esa manera reaccionaba cuando la encontraban en falta flagrante. Como que ya era demasiado y había que darle vuelta a la página, ¿no?

—¿Qué tanto era tantito? Y no era mucho tampoco, lo hice muy pocas veces…

—Sí, ¿verdad? Así si iba a hacer mucho frío, lo ponías más tranquilo… no tan extremo…

—Ayuda a la comunidad, algo así… ¿qué querías? ¿Tú no lo harías? Él fue, ¿verdad? El que te lo dijo…

Sergio se quedó mudo. ¿A quién se refería, al lic… o a Raúl? Tragó saliva. Mentalmente cerró los ojos.

—Pues… sí…

Menalipa una vez más se puso roja. Todos los hombres son unos chismosos.

—¡Maldito licenciado!

Sergio respiró con alivio. Raúl no iba a conocer chivas con propósitos licenciosos en el próximo futuro. Ni lo iban a servir para turistas en restaurantes *art naco deco*.

—Ya ves… No hay en quién confiar…

Menalipa recuperó la compostura. Al hacerlo Sergio se percató de lo bonita que se veía cuando dejaba de adoptar esas poses de diva. Y reflexionó, pecando de evidente: "pues claro, diva viene de seguro de divina y divina de diosa, o algo así".

—Ya me estaba cansando del numerito, también. Bueno, total, mi papá me castigó…

—¿Cómo?

Ella suspiró.

—Ya no sé qué clima va a haber… Ya me impidió saberlo. Se enteró de los microclimas, te digo, y le tuve que contar todo. Por tu culpa…

Sergio se preguntó si Menalipa seguía enojada.

—Ah, no me quitaste la cellisca por cortesía, fue porque ya no podías… Mírala…

—Mitad y mitad, ¿me creerías? Bueno, al menos la fiesta del microclima se terminó.

—¿En serio? ¿Por cuánto tiempo?

—Hasta que se le pase el coraje…

—¿Y eso cuanto es en tiempo terrestre o humano?

—Uff, su último enojo duró como ¿ciento treinta años…? Ni sé, algo así…

—Más que mi misma vida…

—Sí, puede ser… todavía no le digo al licenciado, pero no me importa, total, si no me quedo como la chica del clima… me voy a dar clases de jazz o entro al modelaje, hago anuncios o a ver qué…

—¿Pues tanto rollo para nada, entonces?

—¿Cuál rollo?

—El enojarte conmigo, todo empezó por ahí…

—No te hagas el importante, oye… Y ya ni me recuerdes…

Sergio se rió con fuerza.

—Soy importante, señorita…

—Sí, cómo no… Ya ni enojarse queda… Por cierto, ¿a dónde vas?

—A clase…

—¿Y de ahí?

—No sé, a mi casa a ver algún documental sobre la salud pública de las ciudades perdidas del Brasil…

—Pues mejor invítame al cine, ¿no? Es lo que deberías hacer… Te llevo en mi carro a tu escuela…

Sergio sonrió, la niña consentida quería hacer

las paces, ¿por qué no?

—Puede ser, si te quedas callada en mi clase, ¿lo harás?

—Lo prometo…

—Y si no "entormentas" a nadie… Si no atormentas "entor-mentando", quiero decir…

Menalipa enrojeció.

—Lo prometo también.

—Ya dijiste.

Se levantaron.

Menalipa pensó distraídamente que era buen momento para cambiar de aires. Era bueno estar en televisión, que la gente te viera, pero ya estaba fastidiada de caerle bien a todo mundo por lo que lograba. Ahora vería el licenciado. Si no le cambiaba el programa del clima por otro, después de todo lo que había hecho por la estación, se enojaría mucho con él. Bueno, sólo un poco.

—Supe que cambiaron de hora a Ofelia, con promoción y toda la cosa, que bueno por ella, ¿no?

—Sí, hasta que el lic vio la luz… por lo menos en eso…

Caminaron hasta el estacionamiento donde estaba el auto de ella.

—¿Y tienes novia, Sergio?

—Tenía…

—Ah, mira… qué bien...

Estaba nublado. Pero un pequeño y ágil movimiento de los dedos de Menalipa cambió dos nubes de lugar e hizo que el sol se asomara.

Suficiente para que ella resplandeciera.

Sólo un poco.

Semblanza de
Luis Eduardo García Guerra

58 años, nació en Río Bravo, Tamaulipas, y vive en Monterrey. Es Ingeniero de Sistemas. Escritor de 19 libros autopublicados. Dos colaboraciones, una de ellas ha vendido más de 5,000 libros.

Es uno de los fundadores del Grupo de Escritores Independientes Capítulo Monterrey, EICAM, 2012.

Da cursos de cómo crear libros desde la idea hasta la venta, pasando por la edición, impresión y la plataforma de autor.

Publica periódicamente todos sus cuentos, historias y libros en su grupo de *Facebook* llamado:

Correo: Luis.garcia.2099@gmail.com

Otros Libros del Autor

- *Technotitlan: Año Cero (1998, novela).*
- *Sangre de Neón (2002, novela).*
- *Nuestras Guerras Secretas (2002, no ficción).*
- *Claves de Hoy para Jóvenes de Mañana (2005, no ficción).*
- *Claves de Economía y Finanzas para Jóvenes de Mañana (2010, no ficción).*
- *Pájaro Vespertino y otros cuentos (2011, cuentos).*
- *501 Nanocuentos para Hormigas (2015, nanoficción).*
- *Desde Technotitlan y otros escritos del blog (2015, no ficción).*
- *Sagas Regias I - La hora en la que caen las estrellas (2014, novela corta).*
- *Sagas regias II – Monterrey en la Era de la Plaga (2016, novela corta)*
- *Sagas Regias III - Éramos Diez (2011, novela corta).*
- *Sagas Regias IV - 9 Noches en el Café de la Eternidad (2016, novela corta).*
- *Sagas Regias V - Los Nombres de las Calles (2004, novela corta).*
- *Buscando Doblones (2004, novela corta).*
- *Remedios (2004, novela corta).*